|梁实秋经典·彩图精编版|

把永恒放进一刹那的时光

梁实秋 著

图书在版编目（CIP）数据

雅舍人生：把永恒放进一刹那的时光 / 梁实秋著.
— 南京：江苏凤凰文艺出版社，2018.10
（梁实秋经典·彩图精编版）
ISBN 978-7-5399-8051-5

Ⅰ.①雅… Ⅱ.①梁… Ⅲ.①散文集－中国－现代
Ⅳ.①I266

中国版本图书馆 CIP 数据核字(2017)第 127366 号

书　　　名	雅舍人生：把永恒放进一刹那的时光
著　　　者	梁实秋
责 任 编 辑	孙　茜
出 版 发 行	江苏凤凰文艺出版社
出版社地址	南京市中央路 165 号，邮编：210009
出版社网址	http://www.jswenyi.com
印　　　刷	苏州市越洋印刷有限公司
开　　　本	880×1230 毫米 1/32
印　　　张	8.75
字　　　数	200 千字
版　　　次	2018 年 10 月第 1 版　2018 年 10 月第 1 次印刷
标 准 书 号	ISBN 978–7–5399–8051–5
定　　　价	45.00 元

（江苏凤凰文艺版图书凡印刷、装订错误可随时向承印厂调换）

目 录

第一辑

书房	/003	健忘	/051
送礼	/007	暴发户	/055
排队	/011	嫩	/059
爆竹	/015	骂	/063
腌猪肉	/019	吸烟	/067
喜筵	/022	签字	/071
年龄	/026	梦	/074
搬家	/030	电话	/078
讲演	/034	照相	/082
同乡	/039	胖	/086
代沟	/043	廉	/089
唐人自何处来	/048		

第二辑

让	/095	点名	/145
守时	/098	奖券	/148
对联	/102	婚礼	/152
图章	/106	铜像	/156
钱	/111	计程车	/159
勤	/115	鬼	/163
包装	/117	好汉	/167
头发	/121	球赛	/171
制服	/125	偏方	/175
职业	/128	厌恶女性者	/179
书法	/133	风水	/182
废话	/136	天气	/186
一条野狗	/139	礼貌	/189
领带	/142	高尔夫	/193

第三辑

利用零碎时间	/199	流行的谬论	/209
养成好习惯	/203	胡须	/217
独来独往——读萧继宗《独往集》		父母的爱	/220
	/206	谈时间	/222

谈考试	/226	不亦快哉	/251
谈友谊	/230	敬老	/254
生日	/234	教育你的父母	/257
幸灾乐祸	/237	退休	/261
快乐	/241	怒	/265
老年	/244	沉默	/267
聋	/247	了生死	/270

第一辑

书 房

书房，多么典雅的一个名词！很容易令人联想到一个书香人家。书香是与铜臭相对待的。其实书未必香，铜亦未必臭。周彝商鼎，古色斑烂，终日摩挲亦不觉其臭，铸成钱币才沾染市侩味，可是不复流通的布泉刀错又常为高人赏玩之资。书之所以为香，大概是指松烟油墨印上了毛边连史，从不大通风的书房里散发出来的那一股怪味，不是桂馥兰薰，也不是霉烂馊臭，是一股混合的难以形容的怪味。这种怪味只有书房里才有，而只有士大夫人家才有书房。书香人家之得名大概是以此。

寒窗之下苦读的学子多半是没有书房，囊萤凿壁的就更不用说。所以对于寒苦的读书人，书房是可望而不可即的豪华神仙世界。伊士珍《琅嬛记》:"张华游于洞宫,遇一人引至一处,别是天地,每室各有奇书,华历观诸室书,皆汉以前事,多所未闻者,问其地,曰:'琅嬛福地也。'"这是一位读书人希求冥想一个理想的读书之所,乃托之于神仙梦境。其实除了赤贫的人饔飧不继谈不到书房外,一般的读书人,如果肯要一个书房,还是可以好好布置出一个来的。有人分出一间房子养来亨鸡,也有人分出一间房子养狗,就是匀不出一间做书房。我还见过一位富有的知识分子,他不但没有书房,也没有书桌,我亲见他的公子趴在地板上读书,他的女公子用一块木板在沙发上写字。

一个正常的良好的人家,每个孩子应该拥有一个书桌,主人应该拥有一间书房。书房的用途是庋藏图书并可读书写作于其间,不是用以公开展览借以骄人的。"丈夫拥有万卷书,何假南面百城!"这种话好像是很潇洒而狂傲,其实是心尚未安无可奈何的解嘲语,徒见其不丈夫。书房不在大,亦不在设备佳,适合自己的需要便是。局促在几尺宽的走廊一角,只要放得下一张书桌,依然可以作为一个读书写作的工厂,大量出货。光线要好,空气要流通,红袖添香是不必要的,既没有香,"素腕举,红袖长"反倒会令人心有别注。书房的大小好坏,和一个读书写作的成绩之多少高低,往往不成正比例。有好多著名作品是在监狱里写的。

我看见过的考究的书房当推宋春舫先生的褐木庐为第一,在青岛的一个小小的山头上,这书房并不与其寓邸相连,是单独的一栋。环境清幽,只有鸟语花香,没有尘嚣市扰。《太平清话》："李德茂环积坟籍，名曰书城。"我想那书城未必能和楬木庐相比。在这里，所有的图书都是放在玻璃柜里，柜比人高，但不及栋。我记得藏书是以法文戏剧为主。所有的书都是精装，不全是 buckram（胶硬粗布），有些是真的小牛皮装订（half calf, ooze calf, etc），烫金的字在书脊上排着队闪闪发亮。也许这已经超过了书房的标准，微近于藏书楼的性质，因为他还有一册精印的书目，普通的读书人谁也不会把他书房里的图书编目。

周作人先生在北平八道湾的书房，原名苦雨斋，后改为苦茶庵，不离苦的味道。小小的一幅横额是沈尹默写的。是北平式的平房，书房占据了里院上房三间，两明一暗。里面一间是知堂老人读书写作之处，偶然也延客品茗。窗明几净，一尘不染。书桌上文房四宝井然有致。外面两间像是书库，约有十个八个书架立在中间，图书中西兼备，日文书数量很大。真不明白苦茶庵的老和尚怎么会掉进了泥淖一辈子洗不清！

闻一多的书房，和"闻一多先生的书桌"一样，充实、有趣而乱。他的书全是中文书，而且几乎全是线装书。在青岛的时候，他仿效青岛大学图书馆庋藏中文图书的办法，给成套的中文书装制蓝布面，用白粉写上宋体字的书名，直立在书架上。这样的装备应该是很整齐可观，但是主人要作考证，东一部西一部的图书便要从书架上取下来参加獭祭的行列了，其结果是短榻上、地板上。惟一的一把木根雕制的太师椅上，全都是书。那把太师椅玲珑帮硬，可以入画，不宜坐人，其实亦不宜于堆书，却是他书斋中最惹眼的一个点缀。

潘光旦在清华南院的书房另有一种情趣。他是以优生学专家的素养来从事我国谱牒学研究的学者，他的书房收藏这类图书极富。他喜欢用书护，那就是用两块木板将一套书夹起来，立在书架上。他在每套书系上一根竹制的书签，签上写着书名。这种书签实在很别致，不知杜工部《将赴草堂途中有作》所谓"书签药里封尘网"的书签是否即系此物。光旦一直在北平，失去了学术研究的自由，晚年丧偶，又复失明，想来他书房中那些书签早已封尘网了！

汗牛充栋，未必是福。丧乱之中，牛将安觅？多少爱书的人士都把他们苦心聚集的图书抛弃了，而且再也鼓不起勇气重建一个像样的书房。藏书而充栋，确有其必要，例如从前我家有一部小字本的图书集成，摆满上与梁齐的靠着整垛山墙的书架，取上层的书须用梯子，爬上爬下很不方便，可以充栋的书架有时仍是不可少。我来台湾后，一时兴起，兴建了一个连在墙上的大书架，邻居绸缎商来参观，叹曰："造这样大的木架有什么用，给我摆列绸缎尺头倒还合用。"他的话是不错的，书不能令人致富。书还给人带来麻烦，能像郝隆那样七月七日在太阳底下晒肚子就好，否则不堪衣鱼之扰，真不如尽量的把图书塞入腹笥，晒起来方便，运起来也方便。如果图书都能做成"显微胶片"纳入腹中，或者放映在脑子里，则书房就成为不必要的了。

送礼

俗语说："官不打送礼的。"此语甚妙。因为从前的官不是等闲人，他是可以随便打人的，所以有人怕见官，见了官便不由的有三分惧怕，而送礼的人则必定是有求于人，惟恐人家不肯赏收，必定是卑躬屈膝春风满面点头哈腰老半天，谁还狠得下心打笑脸人？至于礼之厚薄倒无关宏旨，好歹是进账，细大不蠲，收下再说。

不过送礼的人也确实有些是该打屁股的。

送礼这件事，在送的这一方面是很苦恼的一个节目，尤其是逢时按节的例行送礼。前例既开，欲罢不能。如果是个什么机构之类，有人可以支使采办，倒还省事。采办的人在其中可以大显身手。礼讲究四色，其中少不得一篮应时水果，篮子硕大无朋，红绳缎带，五花大绑，一张塑胶纸绷罩在上面，绷得紧，系得牢，要打开还很费手脚。打开之后，时常令人叫绝。原来篮子之中有草纸一堆坟然隆起，上面盖着一层光艳照人的苹果、梨、柑之类，一部分水果的下面是黑烂发霉的。四色之中可能还有金华火腿一只，使得这一份礼物益发高贵而隆重。死尸可以冷藏而不腐，火腿则必须在适当温度中长期腌制，而亚热带天气只适宜促成其速朽。我就收到过不止一只金玉其外的火腿，纸包得又俊又俏，绳子捆得紧紧的，露在外面的爪尖干干净净，红色门票上还有金字。有一天打开一看，嘿！就像医师开刀发现内部癌瘤已经溃散赶紧缝起创口了事一般，我也赶快把它原封包起。原来里面万头攒动着又白又胖的蛆虫，而且不需用竹筷贯刺就有一股浓厚的尸臭令人欲呕。我有意把这只金华火腿送走，使它物还原主，又真怕伤了他的自尊，而且西谚有云："不要扒开人家赠你的一匹马的嘴巴看。"其意是对礼物不可挑剔。无可奈何之中，想起了平剧中有"人头挂高杆"之说，于是乘黄昏时候蹑手蹑脚的把这只火腿挂在大门外的电线杆上。自门隙窥伺之，果见有人施施然来，睹物一惊，驻足逡巡，然后四顾无人迅速出手，夹之而去，这只火腿的最后下落如何我就不知道了。送水果、送火腿的人，那份隆情盛意，我当然是领受了。

英文里有个名词"白象"（white elephant），意为相当名贵而无实用并且难于处置的东西。试想有人送你一头白象，你把它安顿在哪里？你一天需要饲喂它多少食粮？它病了你怎么办？它死了你怎么办？它发脾气你怎么办？我相信一旦白象到门，你会手足无措。事实上我们收到的礼物偶然也是近似白象，令人啼笑皆非。我收到一项礼物，瓶状的电桌灯一盏，立在地面上就几乎与我齐眉，若是放在太和殿里当然不嫌其大，可惜蜗居逼仄，虽不至于仅可容膝，这样的庞然巨制放在桌上实在不称，万一头重脚轻倒栽下来，说不定会砸死人。居然有客人来，欣赏其体制之雄伟，说它壮观，我立即举以相赠，请他把"白象"牵了出去，后遂不知其所终。

生日礼物，顺理成章的是一块大蛋糕。问题在，你送一块，他也送一块，一下子收到十块、二十块大蛋糕，其中还可能有两个人抬着拿进来的超大号的，虽说"好的东西不嫌多"，真的多了起来也是一患。我亲见有一位宦场中人，他生日那天收到三十块以上的蛋糕，陈列在走廊上，洋洋大观。最后筵席散了，主人央客各自携带一块蛋糕回家，这样才得收疏散之效。客人各自提着像帽盒似的一个纸匣子，鱼贯而出，煞是好看。照理说，蛋糕是好东西，或细而软，或糙而松，各有其风味，惟独上面糊着的一层雪白的"蜡油"实在令人难以入口。偶然也有使用搅打过的鲜奶油的，但不常见，常见的硬是"蜡油"。我曾亲见一个任性的孩子，一次罄了一个直径一尺以上的蜡油蛋糕，父母不拦阻他，因为他们府上蛋糕实在太多正苦没有销场，结果是那个孩子倒在床上呻吟呕吐，黄澄澄一橛一橛的从嘴里吐出来，那样子好难看！

有些人家是很讲究禁忌的。大概最忌的是送钟，因为钟与终二字同音。送钟来，拒受则失礼，往往当即回敬一圆钱，象征其是买而非送，即足以破除其不祥。其实有始即有终，此乃自然之道。何况大限未至，即有人先来预约执绋，料想将来局面不致冷冷清清，也正是好事。有人在生日的时候，收到一份奇特的礼物——半匹粗白布。这种东西不是没有实用，将来不定为了谁而遵礼成服的时候，为经、为带均无不可，只是不知要收藏多久。主妇灵机一动，把布染成粉红色，剪裁加穗，做成很出色的成套的沙发罩布，化乖戾为吉祥。有人忌讳朋友送书给他，生怕因此而赌输。我从不赌博，因此最欢迎有人送书给我，未读之书太多，开卷总归有益，但是朋友们总是怕我坏了手气，只有很少的几位肯以书见贻，真所谓"知我者，二三子！"

　　送礼给人，当然是应该投其所好。除非是存心怄气，像诸葛孔明之送巾帼给司马仲达。所以送礼之前，势必要先通过大脑思量一番。如果对方是和尚，送篦子就不大相宜，虽然也有"金篦刮眼"之说。如果对方患消渴，则再好的巧克力糖也难以使他衷心喜悦。如果对方已经老掉了牙，铁蚕豆就不可以请他尝试。诸如此类，不必细举。再说礼物轻重也该有个斟酌，轻了固然寒碜，重了也容易启人疑窦，以为你有什么分外的企图。从前旧俗，家家有一本礼簿，往来户头均有记录，逢年过节或红白喜事均有例可循，或送现金，或送席票。如果向无往来，新开户头，则看下次遇到机会对方有无还礼，有则继续下去，无则不再往来，这不失为公平合理的办法。现在时代不同，人口流动，酬应频繁，粉红炸弹与白色讣闻满天飞，送礼变成了灾害，如果逃不掉躲不开，则只好虚应故事，投以一篮鲜花或是一段幛子，而没有其他多少选择了。

排队

《民权初步》讲的是一般开会的法则，如果有人撰一续编，应该是讲排队。

如果你起个大早，赶到邮局烧头炷香，柜台前即使只有你一个人，你也休想能从容办事，因为柜台里面的先生小姐忙着开柜子、取邮票文件、调整邮戳，这时候就有顾客陆续进来，说不定一位站在你左边，一位站在你右边，也许是衣冠楚楚的，也许是破衣邋遢的，总之是会把你夹在中间。夹在中间的人未必有优先权，所以三个人就挤得很紧，胳膊粗、个子大、脚跟稳的占便宜。夹在中间的人也未必轮到第二名，因为说不定又有人附在你的背上，像长臂猿似的伸出一只胳膊越过你的头部拿着钱要买邮票。人越聚越多，最后像是橄榄球赛似的挤成一团,你想钻出来也不容易。

　　三人曰众,古有明训。所以三个人聚在一起就要挤成一堆。排队是洋玩意儿,我们所谓"鱼贯而行"都是在极不得已的情形之下所做的动作。《晋书·范汪传》:"玄冬之月,沔汉干涸,皆当鱼贯而行,推排而进。"水不干涸谁肯循序而进,虽然鱼贯,仍不免于推排。我小时候,在北平有过一段经历,过年父亲常带我逛厂甸,进入海王村,里面有旧书铺、古玩铺、玉器摊,以及临时搭起的几个茶座儿。我父亲如入宝山,图书、古董都是他所爱好的,盘旋许久,乐此不疲,可是人潮汹涌,越聚越多。等到我们兴尽欲返的时候,大门口已经壅塞了。门口只有一个,进也是它,出也是它,而且谁也不理会应靠左边行,于是大门变成瓶颈,人人自由行动,卡成一团。也有不少人故意起哄,哪里人多往哪里挤,因为里面有的是大姑娘、小媳妇。父亲手里抱了好几包书,顾不了我。为了免于被人践踏,我由一位身材高大的警察抱着挤了出来。我从此没再去过厂甸,直到我自己长大有资格抱着我自己的孩子冲出杀进。

　　中国地方大,按说用不着挤,可是挤也有挤的趣味。逛隆福寺、护国寺,若是冷清清的凄凄惨惨觅觅,那多没有味儿!不过时代变了,人几乎天天到处要像是逛庙赶集。长年挤下去实在受不了,于是排队这洋玩意儿应运而兴。奇怪的是,这洋玩意儿兴了这么多年,至今还没有蔚成风气。长一辈的人在人多的地方横冲直撞,孩子们当然认为这是生存技能之一。学校不能负起教导的责任,因为教师就有许多是不守秩序的"好手"。法律无排队之明文规定,警察管不了这么多。大家自由活动,也能活下去。

不要以为不守秩序、不排队是我们民族性,生活习惯是可以改的。抗战胜利后我回到北平,家人告诉我许多敌伪横行霸道的事迹,其中之一是在前门火车站票房前面常有一名日本警察手持竹鞭来回巡视,遇到不排队就抢先买票的人,就一声不响高高举起竹鞭飕的一声着着实实的抽在他的背上。挨了一鞭之后,他一声不响的排在队尾了。前门车站的秩序从此改良许多。我对此事的感想很复杂。不排队的人是应该挨一鞭子,只是不应该由日本人来执行。拿着鞭子打我们的人,我真想抽他十鞭子!但是,我们自己人就没有人肯对不排队的人下那个毒手!好像是基于同胞爱,开始是劝,继而还是劝,不听劝也就算了,大家不伤和气。谁也不肯扬起鞭子去取缔,觍颜说是"于法无据"。一条街定为单行道、一个路口不准向左转,又何所据?法是人定的,要什么样的生活方式便应该有什么样的法。

洋人排队另有一套,他们是不拘什么地方都要排队。邮局、银行、剧院无论矣,就是到餐厅进膳,也常要排队听候指引——入座。人多了要排队,两三个人也要排队。有一次要吃披萨饼,看门口队伍很长,只好另觅食处。为了看古物展览,我参加过一次两千人左右的长龙,我到场的时候才有千把人,顺着龙头往下走,拐弯抹角,走了半天才找到龙尾,立定脚跟,不久回头一看,龙尾又不知伸展得何处去了。我仔细观察发现了一个秘密:洋人排队,浪费空间,他们排队占用一英里,由我们来排队大概半英里就足够。因为他们每个人与另一个人之间通常保持相当距离，没有肌肤之亲，也没有摩肩接踵之事。我们排队就亲热得多，紧迫钉人，惟恐脱节，前面人的胳膊肘会戳你的肋骨，后面人喷出的热气会轻拂你的脖梗。其缘故之一，大概是我们的人丁太旺而场地太窄。以我们的超级市场而论，实在不够超级，往往近于迷你，遇上八折的日子，付款处的长龙摆到货架里面去，行不得也。洋人的税捐处很会优待主顾，设备充分，偶然有七八个人排队，排得松松的，龙头走到柜台也有五步六步之遥。办起事来无左右受夹之烦，也无后顾催迫之感，从从容容，可以减少纳税人胸中许多戾气。

我们是礼仪之邦，君子无所争，从来没有鼓励人争先恐后之说。很多地方我们都讲究揖让，尤其是几个朋友走出门口的时候，常不免于拉拉扯扯礼让了半天，其实鱼贯而行也就够了。我不太明白为什么到了陌生人聚集在一起的时候，便不肯排队，而一定要奋不顾身。

我小时候只知道上兵操时才排队。曾路过大栅栏同仁堂，柜台占两间门面，顾客经常是里三层外三层挤得水泄不通，多半是仰慕同仁堂丸散膏丹的大名而来办货的乡巴佬。他们不知排队犹可说也。奈何数十年后，工业已经起飞，都市中人还不懂得这生活方式中极为重要的一个项目？难道真需要那一条鞭子才行么？

爆竹

爆竹，顾名思义，是把一截竹竿放在火里使之发出爆声。《荆楚岁时记》："正月一日……鸡鸣而起，先于庭前爆竹，以辟山臊恶鬼。"山臊是什么？《神异经》云："西方山中有人焉，其长尺余，一足，性不畏人，犯之则令人寒热，名曰山臊。"这一尺多高的小怪物及其他恶鬼，真是胆小，怕听那一声爆竹！而且山臊恶鬼也蠢得很，一定要在那三元行始之日担惊受怕的挨门逐户去听那爆竹响！

由于我们的四大发明之一的火药出现，爆竹乃向前迈一大步，不用竹而改用纸，实以火药，比投竹于火的爆烨之声要响亮得多。名之曰爆仗，可能是竹与仗的一声之转。爆仗便于取携施放，其用途乃大为推广，时至今日，除了一声除旧之外，任何季节大典或细端小故皆可随时随地试爆，法所不禁。娶媳妇当然要放，出殡发丧也要放，店铺开张要放，服役入营也要放，竞选游街要放，陪礼遮羞也要放，破土上梁要放，小孩打球赢了也要放……而且放的不是单个的小小的爆仗，是千头百子的旺鞭，震地价响！响声起后，万众欢腾，也许有高卧未起的人，或胆比山鼷还小的人，或耳鼓膜不大健全的人，会暗地里发出一声诅咒，但被那鞭声掩了，没有人听得见。一串鞭照例是殿以一声巨响，表示告一段落，窄街小巷之间，往往硝烟密布，等着微风把它吹散，同时邻人、路人当然也不免每人帮忙吸取几口，最多是呛得咳嗽一阵。爆仗壳早已粉身碎骨狼藉满地，难得有人肯不辞劳苦打扫一番，时常是风吹雨淋，一部分转入沟壑，以为异日下水道阻塞之一助。

　　记得儿歌有云："新年来到，糖瓜祭灶，姑娘要花，小子要炮，老头子要买新毡帽，老婆子要吃大花糕。""小子要炮"就是要放爆竹。予小子就从来没有玩过炮。"大麻雷子"的轰然巨响能吓死人，我固不敢动它，即使最小的"滴滴金儿"，最多嗤的一声，我也不敢碰，要我拿着一根点着了的香去放，我也手颤。院子中间由别人放一两只"太平花"，我在一旁观看，那火树银花未尝不可一顾，但是北地苦寒，要我久立冻得发抖，我就敬谢不敏了。稍长，在学校里每逢国庆必放烟火，大家都集在操场里。先是一阵"炮打灯""二踢脚子"，最后大轴子戏是放"盒子"。盒子高高的在木架上悬起，点放之后，一层层的翻开挂落下来，无非是一些通俗故事，辉煌灿烂，蔚为奇观，最后照例的是"中华民国万岁"几个大字，在熊熊的火焰之中燃烧着，这时候大家一起鼓掌欢呼，礼成，退。

我家世居北平，未能免俗。零售爆竹的地方是在各茶叶铺里，通常是在店内临时设立摊子贩卖，营业所得是伙计们过年的外快。我家里的爆竹，例由先君统筹统办，不假孩子们之手。年关将届之时，家君就到琉璃厂九隆号去采办。九隆号是北平最老的爆竹制造厂，店主郑七嫂和我还有一点亲戚的关系，我应称为舅妈。九隆在琉璃厂西头路北，小小的门面一间，可是生意做得很大，一本万利。半年没有生意，全家动员制作爆竹，干了存着，年终发售。家君采办的货色，相当齐全，我印象较深的是"飞天七响""炮打襄阳"，尤其是"炮打襄阳"，蓬然一声，火弹飞升，继之以无数小灯纷纷腾射，状至美观，而且还有一点历史的意义。以黑色火药及石弹为炮，始自元人，攻打襄阳时即是使用此一利器。观赏"炮打襄阳"时，就想到我们发明火药虽非停留在儿童玩具阶段，实际上亦使用于战争，惟以后未能进步而已。几小时所见爆竹烟火花色甚多，惟"旗火"则不准进我家门，因为容易引起火灾。我如今看到爆竹，望望然去之，我觉得爆竹远不如新毡帽之重要。若是在街上行走，有顽童从暗处抛掷一枚爆竹到我脚下，像定时炸弹似的爆发，我在心里扑扑跳之际也会报以微笑，怜悯他没有较好的家教与玩具。

七月四日是美国独立纪念日，就算是他们的国庆，前一星期在街道上就有征候，不是悬灯结彩，也不是搭盖临时的三合板牌楼，而是街边隙地建立一些因陋就简的木舍，里面陈列着稀稀拉拉的一些爆竹。在纪念日前夕，就有成群的孩子围在那里挑挑拣拣的购买。木舍盖在隙地，大有道理。我在九隆亲见一位老者，口衔雪茄走进店里，店主大骇，来不及开言就把他推出店外，然后才向他解释点燃的雪茄就像划着了的火柴。我在旁观，也不由的一怔。美国平日禁止燃放爆竹，只有在纪念日前后才解禁数天，所以孩子们憋一年才能放肆一次。婚丧大事之类，美国人静悄悄的真不知是怎样过的！那些木舍，我也曾挤进去参观，尽是些小品，甚少巨制，而且质地粗糙，不堪入目。可是我伸手拿起一看，大部分是我们的外销品。我的观感登时又有改变，好像是他乡遇故知，另有一番亲热。只是盼望我们的外销品能有大手笔，不尽是小儿科。

腌猪肉

英国爱塞克斯有一小城顿冒，任何一对夫妻来到这个地方，如果肯跪在当地教堂门口的两块石头上，发誓说结婚后整整十二个月之内从未吵过一次架，从未起过后悔不该结婚之心，那么他们便可获得一大块腌熏猪肋肉。这风俗据说起源甚古，是一一一一年一位贵妇名纠噶（Juga）者所创设，后来于一二四四年又由一位好事者洛伯特·德·菲兹瓦特（Robert de Fitzwalter）所恢复。据说一二四四至一七七二，五百多年间只有八个人领到了这项腌猪肉奖。这风俗一直到十九世纪末年还没有废除，据说后来实行的地点搬到了伊尔福（Ilford）。文学作品里提到这腌猪肉的，最著者为巢塞《坎特伯来故事集》巴兹妇人的故事序，有这样的两行：

> The bacon was nought fet for him, I trowe,
> That some men feche in Essex at Dunmow.
> 有些人在爱塞克斯的顿冒领取猪肉，我知道他无法领到。

五百多年才有八个人领到腌猪肉，可以说明一年之内闺房里没有勃谿的纪录实在是很难能可贵，同时也说明了人心实在甚古，没有人为了贪吃腌猪肉而去作伪誓。不过我相信，夫妻伴合过着如胶似漆的生活的人，所在多有，他们未必有机会到顿冒去，去了也未必肯到教堂门口下跪发誓，而且归去时行囊里如何放得下一大块肥腻腻的腌猪肉？

我知道有一对夫妻，洞房花烛夜，倒是一夜无话，可是第二天一清早起来准备外出，新娘着意打扮，穿上一套新装，左顾右盼，笑问夫婿款式入时不，新郎瞥了一眼，答说："难看死了！"新娘蓦然一惊，一言未发，转身入内换了一套出来。新郎回顾一下长叹一声："这个样子如何可以出去见人？"新娘默然而退，这一回半晌没有出来。新郎等得不耐烦，进去探视，新娘端端正正的整整齐齐的悬梁自尽了，据说费了好大事才使她苏醒过来。后来，小两口子一直别别扭扭，琴瑟失调。好的开始便是成功的一半。刚结婚就几乎出了命案，以后还有多少室家之乐，便不难于想象中得知了。

我还知道一对夫妻，他们的结婚证书很是别致，古宋体字精印精裱，其中没有"诗咏关雎，雅歌麟趾，瑞叶五世其昌，祥开二南之化……"那一套陈词滥调，代之的是若干条款，详列甲乙二方之相互的权利义务，比王褒的《僮约》更要具体，后面还附有追加的临时条款若干则，说明任何一方如果未能履行义务，对方可以采取如何如何的报复措施，而另一方不得异议。一看就知道，这小两口子是崇法务实的一对。果不其然，蜜月未满，有一晚炉火熊熊满室生春，两个人为了争吃一串核桃仁的冰糖葫芦，而发生冲突，由口角而动手而扭成一团。一个负气出走，一个独守空房。这事如何了断，可惜婚约百密一疏，法无明文，最后不得不经官，结果是协议离婚。

不要以为夫妻反目，一定会闹到不可收拾。我知道有一对欢喜冤家，经常的鸡吵鹅斗，有一回好像是事态严重了，女方使出了三十六计中的上计，逼得男方无法招架。事隔三日，女方邀集了几位稔识的朋友，诉说她的委屈，一副遇人不淑的样子，涕泗滂沱，痛不欲生，央求朋友们慈悲为怀，从中调处，谋求协议离婚。按说，遇到这种情形，第三者是插手不得的，最好是扯几句淡话，劝合不劝离，因为男女之间任何一方如果控诉对方失德，你只可以耐心静听，不可以表示同意，当然亦不可以表示不同意。大抵配偶的一方若是不成器，只准配偶加以诟詈，而不容许别人置喙。这几位朋友之间有一位少不更事，居然同情之心油然而生，毅然以安排离异之事为己任。他以为长痛不如短痛，离婚是最好的结束，好像是痛疽之类最好是引刀一割。男方表示一切可以商量，惟需与女方当面一谈。这要求不算无理，于是安排他们两个见面。第二天这位热心的朋友再去访问他们，则一个也找不到，他们两位双双的携手看电影去了。人心叵测有如此者，其实是这位朋友入世未深。

喜筵

清梁晋竹《两般秋雨盦随笔》有这样一段：

> 湖南麻阳县，某镇，凡红白事，戚友不送套礼，只送份金，始于一钱而极于七钱，盖一阳之数也。主人必设宴相待，一钱者食一菜，三钱者三菜，五钱者遍毂，七钱者加籩。故宾客虽一时满堂，少选，一菜进，则堂隅有人击小钲而高唱曰："一钱之客请退"，于是纷然而散者若干人。三菜进，则又唱："三钱之客请退"，于是纷然而散者又若干人。五钱以上不击，而客已寥寥矣。

我初看几乎不敢相信有此等事。"夫礼，禁乱之所由生。"所以我们礼仪之邦最重礼防。"名位不同，礼亦异数。"所以礼数亦不能人人平等。但是麻阳县某镇安排喜筵的方式，纵然秩序井然，公平交易，那一钱三钱之客奉命退席，究竟脸上无光，心中难免惭恧，就是五钱七钱之客，怕也未必觉得坦然。乡曲陋俗，不足为训。我后来遇到一位朋友，他来自江苏江阴乡下，据他说他的家乡之治喜筵亦大致如此，不过略有改良。喜筵备齐之后，司仪高声喊叫："一元的客人入席！"一批人纷纷就座，本来菜数简单，一时风卷残云，鼓腹而退。随后布置停当，二元的客人大摇大摆的应声入席。最后是三元、四元的客人入座，那就是贵宾了。这分批入座的办法，比分别退席的办法要稍体面一些。

我小时候在北平也见过不少大张喜筵的局面。喜庆丧事往来，家家都有个礼簿。投桃报李，自有往例可循。簿上未列记录者，彼此根本不需理会。礼簿上分别注明，"过堂客"与"不过堂客"，堂客即是女眷之谓。所以永远不会有出人意外的阃第光临之事发生。送礼大概不外份金与席票二种。所谓席票，即是饭庄的礼券，最少两元，最多六元、八元不等。这种礼券当然可以随时兑取筵席，不过大部分的人都是把它收藏起来，将来转送出去。有时候送来送去，饭庄或者早已歇业。有时候持票兑取筵席，业者会报以白眼。北平的餐馆业分两种，一种是饭馆，大小不一，口味各异，乃普通饮宴之处；一种是饭庄，比较大亦比较旧，一律是山东菜，例如福寿堂、庆寿堂、天福堂等等。通常是称堂，有宽大的院落，甚至还有戏台。办红白事的人家可以借用其地，如果自己家里宽绰，也可令饭庄外会承办酒席。那时候用的是八仙桌，二人条凳，一桌坐六个人，因为有一面是敞着的，为的是便利主人敬酒、堂倌上菜。有时人多座少，也可以临时添个条凳打横。男女分座，男的那边固然是杯盘狼藉叫嚣震天，女的那边也不示弱，另有一番热闹。席上的菜数不外是四干、四鲜、四冷荤、四盘、四碗、四大件。大量生产的酒席，按说没有细活，一定偷工减料，但是不，上等饭庄的师傅们驾轻就熟，老于此道，普普通通的烩虾仁、溜鱼片、南煎丸子、烩两鸡丝……做得有滋有味，无懈可击。四大件一上桌，趴烂肘子、黄焖鸭之类，可以把每个人都喂得嘴角流油。堂客就席，比较斯文，虽然她的颔下照例都挂上一块精致美观的围巾，像小儿的涎布一样，好像来者不善的样子，其实都很彬彬有礼。只是每位堂客身后照例有一位健仆，三河县的老妈儿，各个见多识广，眼明手快，主人敬酒之后，客人不动声色，老妈儿立刻采取行动，四干四鲜登时就如放抢一般抓进预备好的口袋，手法利落，疾如鹰隼。那时尚无塑胶袋之类，否则连汤连水的东西一齐可以纳入怀内。这一阵骚动之后，正菜上桌，老妈各为其主，代为夹菜，每人面前碟子乱七八糟的堆成一个小丘，同时还有多礼的客人互相布菜。趴烂肘子、黄焖鸭之类的大块文章，上桌亮相几秒钟就会被堂倌撤下，扬言代客拆碎，其实是换上一盘碎拼的剩菜充数，这是主人与饭庄预先约定的一着。如果运气好，一盘原装大菜可以亮相好几次。假如客人恶作剧，不容分说，对准了鸭子、肘子就是一筷子，主人也没有办法，只好暗道苦也苦也。

如今办喜事的又是一番气象。喜帖满天飞，按照职员录、同学录照抄不误，所以喜筵动辄二三十桌。我常看见客人站在收礼台前从荷包里抽出一叠钞票，一五一十的数着，往台上一丢，心安理得的进去吃喜酒了，连红封包裹的一层手续也省却了。好简便的一场交易。

前面正中有一桌，铺着一块红桌布，大家最好躲远一些。礼成之后，观众入席，事实上大批观众早已入席，有的是熟人旧识呼朋引类霸占一方，有的是各色人等杂拼硬凑。那红桌布是为新郎新娘而设，高据首座，家长与证婚人等则末座相陪，长幼尊卑之序此时无效。新娘是不吃东西的，象征性的进食亦偶尔一见。她不久就要离座，到后台去换行头，忽而红妆，遍体锦绣，忽而绿袄，浑身亮片，足折腾一气，一鼓作气，再而衰，三而竭，换上三套衣服之后来源竭矣。客人忙着吃喝，难得有人肯停下箸子瞥她一眼。那几套衣服恐怕此生此世永远不会再见天日。时装展览之后，新娘新郎又忙着逐桌敬酒，酒壶里也许装的是茶，没有人问，绕场一匝，虚应故事。可是这时节，客人有机会仔细瞻仰新人的风采，新娘的脸上敷了多厚的一层粉，眼窝涂得是否像是黑煤球，大家心里有数了。这时候，喜筵已近尾声，尽管鱼虾之类已接近败坏的程度，每桌上总有几位嗅觉不大灵敏而又有不择食的美德。只要不集体中毒，喜筵就算是十分顺利了。

年龄

从前看人作序，或是题画，或是写匾，在署名的时候往往特别注明"时年七十有二""时年八十有五"或是"时年九十有三"，我就肃然起敬。春秋时人荣启期以为行年九十是人生一乐，我想拥有一大把年纪的人大概是有一种可以在人前夸耀的乐趣。只是当时我离那耄耋之年还差一大截子，不知自己何年何月才有资格在署名的时候也写上年龄。我揣想署名之际写上自己的年龄，那时心情必定是洋洋得意，好像是在宣告："小子们，你们这些黄口小儿，乳臭未干，虽然幸离襁褓，能否达到老夫这样的年龄恐怕尚未可知哩。"须知得意不可忘形，在夸示高龄的时候，未来的岁月已所余无几了。俗语有一句话说："棺材是装死人的，不是装老人的。"话是不错，不过你试把棺

盖揭开看看，里面躺着的究竟是以老年人为多。年轻的人将来的岁月尚多，所以我们称他为富于年。人生以年龄计算，多活一年即是少了一年，人到了年促之时，何可夸之有？我现在不复年轻，看人署名附带声明时年若干若干，不再有艳羡之情了。倒是看了富于年的英俊，有时不胜羡慕之至。

裸子植物和双子叶植物，其茎部的细胞因春夏成长秋冬停顿之故而形成所谓年轮，我们可以从而测知其年龄。人没有年轮，而且也不便横切开来察验。人年纪大了常自谦为马齿徒增，也没有人掰开他的嘴巴去看他的牙齿。眼角生出鱼尾纹，脸上遍洒黑斑点，都不一定是老朽的征象。头发的黑白更不足为凭。有人春秋鼎盛而已皓首皤皤，有人已到黄耇之年而顶上犹有"不白之冤"，这都是习见之事。不过，岁月不饶人，冒充少年究竟不是容易事。地心的吸力谁也抵抗不住。脸上、颈上、腰上、踝上，连皮带肉的往下坠，虽不至于"载跋其胡"，那副龙钟的样子是瞒不了人的。别的部分还可以遮盖起来，面部经常暴露在外，经过几番风雨，多少回风霜，总会留下一些痕迹。

好像有些女人对于脸上的情况较为敏感。眼窝底下挂着两个泡囊，其状实在不雅，必剔除其中的脂肪而后快。两颊松懈，一条条的沟痕直垂到脖子上，下巴底下更是一层层的皮肉堆累，那就只好开刀，把整张的脸皮揪扯上去，像国剧一些演员化装那样，眉毛眼睛一齐上挑，两腮变得较为光滑平坦，皱纹似乎全不见了。此之谓美容、整容，俗称之为拉皮。行拉皮手术的人，都秘不告人，而且讳言其事。所以在饮宴席上，如有面无皱纹的年高名婆在座，不妨含混的称赞她驻颜有术，但是在点菜的时候不宜高声的要鸡丝拉皮。

其实自古以来也有不少男士热衷于驻颜。南朝宋颜延之《庭诰文》："炼形之家，必就深旷，友飞灵，糇丹石，粒精英，所以还年却老，延华驻采。"道家炼形养元，可以尸解升天，岂只延华驻采？这都是一些姑妄言之的神话。贵为天子的人纯真的想要还年却老，千方百计的求那不老的仙丹。看来只有晋孝武帝比较通达事理，他饮酒举杯属长星（即彗星）："长星，劝尔一杯酒，自古何时有万岁天子？"可是一般的天子或近似天子的人都喜欢听人高呼万寿无疆！

除了将要诹吉纳采交换庚帖之外，对于别人的真实年龄根本没有多加探讨的必要。但是我们的习俗，于请教"贵姓""大名""府上"之后，有时就会问起"贵庚""高寿"。有人问我多大年纪，我据实相告"七十八岁了"。他把我上下打量，摇摇头说："不像，不像，很健康的样子，顶多五十。"好像他比我自己知道得更清楚。那是言不由衷的恭维话，我知道，但是他有意无意的提醒了我刚忘记了的人生四苦。能不能不提年龄，说一些别的，如今天天气之类？

女人的年龄是一大禁忌，不许别人问的。有一位女士很旷达，人问其芳龄，她据实以告："三十以上，八十以下。"其实人的年龄不大容易隐秘，下一番考证功夫，就能找出线索，虽不中亦不远矣。这样做，除了满足好奇心以外，没有多少意义。可是人就是好奇。有一位男士在咖啡厅里邂逅一位女士，在暗暗的灯光之下他实在摸不清对方的年龄，他用臂肘触了我一下，偷偷的在桌下伸出一只巴掌，戟张着五指，低声问我有没有这个数目，我吓了一跳，以为他要借五万块钱，原来他是打听对方芳龄有无半百。我用四个字回答他："干卿底事？"有一位道行很高的和尚，涅槃的时候据说有一百好几十岁，考证起来聚讼纷纷。据我看，估量女士的年龄不妨从宽，七折八折优待。计算高僧的年龄也不妨从宽，多加三成五成。

人到了迟暮，如石火风灯，命在须臾，但是仍不喜欢别人预言他的大限。邱吉尔八十岁过生日，一位冒失的新闻记者有意讨好的说："邱吉尔先生，我今天非常高兴，希望我能再来参加你的九十岁的生日宴。"邱吉尔耸了一下眉毛说："小伙子，我看你身体满健康的，没有理由不能来参加我九十岁的宴会。"胡适之先生素来善于言词，有时也不免说溜了嘴，他六十八岁时候来台湾，在一次欢宴中遇到长他十几岁的齐如山先生，没话找话的说："齐先生，我看你活到九十岁决无问题。"齐先生愣了一下说："我倒有个故事，有一位矍铄老叟，人家恭维他可以活到一百岁。忿然作色曰：'我又不吃你的饭，你为什么限制我的寿数？'"胡先生急忙道歉："我说错了话。"

搬家

有人讥笑我，说我大概是吃了耗子药，否则怎么会五年之内搬了三次家。搬家是辛苦事。除非是真的家徒四壁，任谁都会蓄积一些弃之可惜留之无用的东西，到了搬家的时候才最感觉到累赘。小时候师长就谆谆告诫不可暴殄天物，常引陶侃竹头木屑的故事为例，所以长大了之后很难改除收藏废物的习惯，日积月累，满坑满谷全是东西。其中一部分还怪不得我，都是朋友们的宠锡嘉贶，有些还真是近似"白象"，也不管蜗居逼仄到什么地步，一头接着一头的"白象"接踵而来，常常是在拜领之后就进了储藏室或是束之高阁。到了搬家的时候，陈谷子烂芝麻一齐出仓，还是哪一样都舍不得丢。没办法，照搬。我认识一个人，他也是有这个爱惜物资的老毛病，当年他到外国读书，订购牛奶每天一瓶，喝完牛奶之后觉得那瓶子实在可爱，洗干净之后通明透剔，舍不得丢进垃圾桶，就放在屋角，久而久之成了一大堆，地板有压坏之虞，无法处理，最后花一笔钱才请人为之清除。我倒不至于这样的痴，可是毛病也不少。别的不提，单说朋友们的来信，我照例往一只抽屉里一丢，并非珍藏，可是一抽屉一抽屉的塞得结结实实，难道搬家时也带了走？要想审阅一遍去芜存菁，那工程也很浩大，无已，硬着头皮选出少数的存留，剩下的大部分的朵云华笺最好是付之丙丁，然而那要构成空气污染也于心不忍，只好弃之，好在内中并无机密。我还听说有一位先生，每天看完报纸必定折叠整齐，一天一沓，一月一捆，久之堆积到充栋的地步，一日行经其下，报纸堆突然倒坍，老先生压在底下受伤竟至不治。我每次搬家必定割舍许多平素不肯抛弃的东西，可叹的是旧的才去新的又来。

搬一次家要动员好多人力。我小时在北平有过两次搬家的经验。大敞车、排子车、人力车，外加十个八个"窝脖儿的"，忙活十天半个月才暂告段落。所谓"窝脖儿的"，也许有人还没听说过，凡是精致的家具，如全堂的紫檀、大理石心的硬木桌椅，以至于玻璃罩的大座钟和穿衣镜等等，都禁不得磕碰，不能用车运送，就是雕花的柜橱之类也不能上车。于是要雇请"窝脖儿的"来任艰巨。顾名思义，他的运输工具主要的就是他的脖颈。他把头低下来，用一块麻包之类的东西垫在他的脖颈上，再加上一块夹板，几百斤重的东西架在他的脖子上，他伸出两手扶着，就健步如飞的上路了。我曾察看他的脖子，与众不同，有一大块青紫的肉坟起如驼峰，是这一行业的标记。

后来有所谓搬场公司，这一行就没落了。可是据我的经验，所谓搬场公司虽然扬言服务周到，打个电话就来，可是事到临头，三五个粗壮大汉七手八脚的像拆除大队似的把东西塞满大卡车、小发财，一声吆喝，风驰电掣而去，这时候我便不由的想起从前的"窝脖儿的"那一行业。搬一次家，家具缺胳膊短腿是保不齐的，至若碰瘪几个坑、擦掉几块漆，那是题中应有之义，可以算做是一种折旧，如果搬家也可以用货柜制度该有多好，即使有人要在你忙乱之际顺手牵羊，也将无所施其技。

搬一次家如生一场病，好久好久才能苏息过来，又好久好久才能习惯下来。这一切都没有什么可怨的，只要有个地方可以栖迟也就罢了。我从小到大，居住的地方越搬越小，从前有个三进五进外加几个跨院，如今则以坪计。喜乐先生给我画过一幅《故居图》，是极高明的一幅界画，于俯瞰透视之中绘出平昔宴居之趣，悬在壁上不时的撩起我的故国之思，而那旧式的庭院也是值得怀念的。如今我的家越搬越高，搬到了十几层之上，在这一点上倒是名副其实的乔迁。

俗话说"千金买房，万金买邻"，旨哉言也。孟母三迁，还不是为了邻居不大理想？假使孟母生于今日，卜居一大城市之中，恐怕非一日一迁不可。孟母三迁，首先是因为其舍近墓，后来迁居市傍，其地又为贾人炫卖之所，最后徙居学官之傍，才决定安居下去。"昔孟母，择邻处"，主要是为了孩子，怕孩子受环境影响，似尚不曾考虑环境的安宁、卫生等等条件。如今择邻而处，真是万难。我如今的住处，左也是学官，右也是学官，几曾见有"设俎豆揖让进退之事"？时常是咙聒之声盈耳，再不就是操场上的扩音喇叭疯狂的叫喊。贾人炫卖更是常事，如果楼下没有修理汽车的小肆之夜以继日的敲敲打打就算是万幸了。我住的地方位于台北盆地之中，四面是山，应该是有"山花如水净，山鸟与云闲"（王荆公诗）的景致，但是不，远山常为雾罩，眼前看到的全是鳞次栉比的鸽子笼。而且千不该万不该我买了一具望远镜，等到天朗气清之日向远山望去，哇！全是累累的坟墓。我想起洛阳北门外有北邙山，"北邙山头少闲土，尽是洛阳人旧墓"（王建诗），城外多少土馒头，城内多少馒头馅，亘古如斯，倒也不是什么值得特别感慨的事。不过我住的地方是傍着一条交通孔道，早早晚晚车如流水，轰轰隆隆，其中最令人心惊的莫过于丧车。张籍诗："洛阳北门北邙道，丧车辚辚入秋草。"我所听到的声音不只是辚辚，于辚辚之外还有锣、鼓、喇叭、唢呐，以及不知名的敲打吹腔的乐器，有不成节奏的节奏和不成腔调的腔调。不过有一回我听出了所奏的是《苏武牧羊》。这种乐队车常不只一辆，场面大的可能有十辆八辆，南管北管、洋鼓洋号各显其能。这种大出丧、小出丧，若遇黄道吉日，一天可有几十档子由我楼下经过。有人来贺新居问我，住在这样的地方听这种声音，是不是不大吉利。我说，这有什么不吉利。想起王荆公一首五古《两山间》，其中有这样几句：

> 我欲抛山去，山仍劝我还。
> 只应身后冢，亦是眼中山。
> 且复依山住，归鞍未可攀。

讲演

生平听过无数次讲演，能高高兴兴的去听，听得入耳，中途不打呵欠不打瞌睡者，却没有几次。听完之后，回味无穷，印象长留，历久弥新者，就更难得一遇了。

小时候在学校里，每逢星期五下午四时，奉召齐集礼堂听演讲，大部分是请校外名人莅校演讲，名之曰"伦理演讲"，事前也不宣布讲题，因为学校当局也不知道他要讲什么。也很可能他自己也不知要讲什么。总之，把学生们教训一顿就行。所谓名人，包括青年会总干事、外交部的职业外交家、从前做过国务总理的、做过督军什么的，还有孔教会会长等等，不消说都是可敬的人物。他们说的话也许偶尔有些值得令人服膺弗失的，可是我一律"只作耳边风"。大概我从小就是不属于孺子可教的一类。每逢讲演,我把心一横,心想我卖给你一个钟头时间做你的听众之一便是。难道说我根本不想一瞻名人风采?那倒也不。人总是好奇,动物园里猴子吃花生,都有人围着观看,何况盛名之下世人所瞻的人物?闻名不如见面,不过也时常是见面不如闻名罢了。

给我印象最深的两次演讲,事隔数十年未能忘怀。一次是听梁启超先生讲《中国文学里表现的情感》。时在一九二三年春,地点是清华学校高等科楼上一间大教室。主席是我班上的一位同学。一连讲了三四次,每次听者踊跃,座无虚席。听讲的人大半是想一瞻风采,可是听他讲得痛快淋漓,无不为之动容。我当时所得的印象是:中等身材,微露秃顶,风神潇散,声如洪钟。一口的广东官话,铿锵有致。他的讲演是有底稿的,用毛笔写在宣纸稿纸上,整整齐齐一大叠,后来发表在《饮冰室文集》。不过他讲时不大看底稿,有时略翻一下,更时常顺口添加资料。他长篇大段的凭记忆引诵诗词,有时候记不起来,愣在台上良久良久,然后用手指敲头三两记,猛然记起,便笑容可掬的朗诵下去。讲起《桃花扇》,诵到"高皇帝,在九天,也不管他孝子贤孙,变成了飘蓬断梗……"竟涔涔泪下,听者愀然危坐,那景况感人极了。他讲得认真吃力,渴了便喝一口开水,掏出大块毛巾揩脸上的汗,不时的呼唤他坐在前排的儿子:"思成,黑板擦擦!"梁思成便跳上台去把黑板擦干净。每次钟响,他讲不完,总要拖几分钟,然后他于掌声雷动中大摇大摆的徐徐步出教室。听众守在座位上,没有一个人敢先离席。

又一次是一九三一年夏，胡适之先生由沪赴平，路过青岛，我们在青岛的几个朋友招待他小住数日，顺便请他在青岛大学讲演一次。他事前无准备，只得临时"抓哏"，讲题是《山东在中国文化上的地位》。他凭他平时的素养，旁征博引，由"齐一变至于鲁，鲁一变至于道"讲到山东一般的对于学术思想文学的种种贡献，好像是中国文化的起源与发扬尽在于是。听者全校师生绝大部分是山东人，直听得如醍醐灌顶，乐不可支，掌声不绝，真是好像要把屋顶震塌下来。胡先生雅擅言词，而且善于恭维人，国语虽不标准，而表情非常凝重，说到沉痛处，辄咬牙切齿的一个字一个字的吐出来，令听者不由得不信服他所说的话语。他曾对我说，他是得力的圣经传道的作风，无论是为文或言语，一定要出之于绝对的自信，然后才能使人信。他又有一次演讲，一九六〇年七月他在西雅图"中美文化关系讨论会"用英文发表的一篇演说，题为《中国传统的未来》。他面对一些所谓汉学家，于一个多小时之内，缕述中国文化变迁的大势，从而推断其辉煌的未来，旁征博引，气盛言宜，赢得全场起立鼓掌。有一位汉学家对我说："这是一篇邱吉尔式（Churchillian）的演讲！"其实一篇言中有物的演讲，岂此是邱吉尔式而已哉？

一般人常常有一种误会，以为有名的人，其言论必定高明；又以为官做得大者，其演讲必定动听。一个人能有多少学问上的心得、处理事务的真知灼见，或是独特的经验，值得兴师动众，令大家屏息静坐以听？爱因斯坦在某大学餐宴之后被邀致词，他站起来说："我今晚没有什么话好说，等我有话说的时候会再来领教。"说完他就坐下去了。过了些天他果然自动请求来校，发表了一篇精彩的演说。这个故事，知道的人很多，肯效法仿行的人太少。据说有一位名人搭飞机到远处演讲，言中无物，废话连篇，听者连连欠伸。冗长的演讲过后，他问听众有何问题提出，听众没有反应，只有一人缓缓起立问曰："你回家的飞机几时起飞？"

我们中国士大夫最忌讳谈金钱报酬，一谈到阿堵物，便显着俗。司马相如的一篇《长门赋》得到孝武皇帝、陈皇后的酬劳黄金百斤，那是文人异数。韩文公为人作墓碑铭文，其笔润也是数以斤计的黄金，招来谀墓的讥诮。郑板桥的书画润例自订，有话直说，一贯的玩世不恭。一般人的润单，常常不好意思自己开口，要请名流好友代为拟订。演讲其实也是吃开口饭的行当中的一种，即使是学富五车，事前总要准备，到时候面对黑压压的一片，即使能侃侃而谈，个把钟头下来，大概没有不口燥舌干的。凭这一份辛劳，也应该有一份报酬，但是邀请人来演讲的主人往往不作如是想。给你的邀请函不是已经极尽恭维奉承之能事，把你形容得真像是一个万流景仰而渴欲一瞻丰采的人物了么？你还不觉得踌躇满志？没有观众，戏是唱不成的。我们为你纠合这么大一批听众来听你说话，并不收取你任何费用，你好意思反过来向我们索酬？在你眉飞色舞唾星四溅的时候，我们不是没有恭恭敬敬的给你送上一杯不冷不烫的白开水，喝不喝在你。你讲完之后，我们不是没有给你猛敲肉梆子；你打道回府的时候，我们不是没有恭送如仪，鞠躬如也的一直送到你登车绝尘而去。我们仁至义尽，你尚何怨之有？

天下不公平之事往往如是，越不能讲演的人，偏偏有人要他上台说话；越想登台致词的人，偏偏很少机会过瘾。我就认识一个人，他略有小名，邀他讲演的人太多，使他不胜其烦。有一天（一九六九年三月十七日）他在报上看到一则新闻，《邱永汉先生访问记》，有这样的一段：

> 邱先生在日本各地演讲，每两小时报酬一百万圆，折合台币十五万。想创业的年轻人向他请益需挂号排队，面授机宜的时间每分钟一万圆。记者向他采访也照行情计算，每半小时两万圆。借阅资料每件五千圆。他太太教中国菜让电视台录影，也是照这行情。从三月初起，日本职业作家一齐印成采访价目一览表寄往各报社，价格随石油物价的变动又有新的调整。

他看了灵机一动，何妨依样葫芦？于是敷陈楮墨，奋笔疾书，自订润格曰："老夫精神日损，讲演邀请频繁。深闭固拒，有伤和气。舌敝唇焦，无补稻粱。爰订润例，稍事限制，各方友好，幸垂察焉。市区以内，每小时讲演五万元，市区以外倍之。约宜早订，款请先惠……"稿尚未成，友辈来访，见之大惊，咸以为不可。都说此举不合国情，而且后果堪虞。他一想这话也对，不可造次，其事遂寝。

同 乡

从前交通险阻，外出旅行是一件苦事。离乡背井，举目无亲，有无限的凄凉。所以，在水上漂泊的时候，百无聊赖，忽然听得有人在说自己的家乡话，一时抑不住心头的欢喜，会不揣冒昧的去搭讪，像崔颢《长干行》所说的——停船借相问，或恐是同乡。说同一方言的人才是同乡，乡音是同乡之间最强有力的联系。

科举的时代，北平有所谓会馆者，尤其是宣武门外一带外省人士汇集的地区，会馆林立。进京赶考的人，泰半就在会馆挂单，饮食住宿都有了着落，而且有老乡照料，自然亲切。会馆是前辈乡贤所捐助设立的，确有其需要。后来科举废除，社会形态改变，会馆就渐渐消失了。有名的江西会馆，规模宏大，常是堂会戏上演的地方。我知道宣武门外北椿树胡同的一所很逼仄的徽州绩溪会馆，一度掌管事务的人却是胡适之先生。胡先生的同乡观念十分浓厚，他家里常有一群群的徽州老乡用没别人能懂的徽州方言和他话旧。就是他来到台湾以后，我有一次到南港拜访，座上先有一位客人是老胡开文笔墨店的后人。在上海时，胡先生曾邀几个朋友到二马路一家徽州菜馆小叙，刚一上楼就听见楼下一声吼叫，胡先生问："楼下账房先生方才吼叫的话，你们懂吗？他喊的是：'绩溪老倌，多加油啊！'在炒菜锅里额外加一勺油，表示优待同乡。我们家乡贫苦，平素很少油吃。"随后端上来一盘划水鱼、一盘生炒蝴蝶面，果然油水不少，油漾到盘外。

我生长在北平，说的是北平话，因此无需学习国语，附带着也没学习注音符号，一直到现在，ㄅㄆㄇㄈ（bpmf）还搞不太清楚。在清华读书的时候，每年全国本部十八省考选学生入学，各说各省的方言，无形之中各省的学生自成一个小组。惟独直隶省同乡最为散漫，我所认识的同乡大部分是天津人，真正的北平同乡只有两个，可是我不久就发现其中一位原来是满洲人，另一位是蒙古人。我的原籍是浙江，曾经正式向京兆大兴县公署申请入籍，承蒙批准在案。其实凡是会说地道北平话的人都可算是北平人。自从五胡乱华以来，北方民族混杂，北平又是几代为首都，人文荟萃，籍贯问题时常无从说起。能说国语的都是我们的同乡，因此我的同乡观念比较稀薄。在清华有一位同班同学，是中等科惟一的厦门人，他只会说厦门话，在高等科还有一位厦门人，偶然过来陪他聊聊天。他在学校里就像是单独拘禁,不堪寂寞,不久他就疯了。我了解,对于某些人同乡观念之难于消除是有理由的。

在异地遇同乡,是有一种不可抑制的喜悦。前年喜乐先生伉俪过我,谈笑间才知道是北平同乡。我问:

"您在北平住在哪儿?"

"黄土坑儿。"

"什锦花园儿,对不对?"

"对,您呢?"

"内务部街。"

"灯市口儿,对不对?"

越说越对,于是谈起关于北平的陈谷子烂芝麻,一说就没个完,好像是又回到家乡里一趟。我在台北坐计程车,只有一次发现司机是北平人;不,是司机先发现我是北平人。我告诉他我要到什么地方去,详加解释。他回过头频频看我,说:

"您是北平人吧?"

"是呀。"

"在北平住哪儿?"

"东四牌楼南边儿。"

"啊,我住北新桥儿,咱们住得很近嘛……"

于是一路谈下去,不觉的到了目的地。我说:"零钱别找啦。"他望着我下车,许久许久才开车而去。

任何一个机关首长到任,总是要吸引几个同乡分担要职。人情之常,贤者不免。司印的、掌财的、管总务的都很重要,你难道要他放手交给陌生的不知底细的人去充当?无论如何,同乡总不至于像舅爷、连襟之类的裙带关系那样容易不理于人口。不过像美国卡特当政时，乔治亚帮之鸡犬升天，丑闻迭出，则又另当别论。大凡任何一个机关，若被人讥为会馆，总是不好看的。

林琴南《畏庐琐记》："闽人喜操土音，每燕集，一遇乡人，即喋喋不已。然他省人无一能解者，故恶闽人刺骨。实则闽音有与古音通者。今略举数条，如……"闽音之与古音通，是众所周知的，但是古音非今人所能尽通，故闽语之流行仍被视为现今方言之一种。林琴南先生所谓他省人恶闽人刺骨，我想他省人不是不知闽音常与古音通，也不是恶闽人之操闽语，只是因为自己听不懂而困扰，而烦恼，而猜疑，而愤怒。我知道从前某一机关有两位谊属同乡的干部，他们时常交头接耳呶呶不休，所操土音无人能解，于是引人注意，疑其所谈必与苞苴有关，其中必定有弊，人言可畏，结果是双双去职。大抵在第三者面前二人以土音土语交谈，至少是不智而且不礼貌的行为。

代沟

代沟是翻译过来的一个比较新的名词,但这个东西是我们古已有之的。自从人有老少之分,老一代与少一代之间就有一道沟,可能是难以飞渡的深沟天堑,也可能是一步迈过的小渎阴沟,总之是其间有个界限。沟这边的人看沟那边的人不顺眼,沟那边的人看沟这边的人不像话,也许吹胡子瞪眼,也许拍桌子卷袖子,也许口出恶声,也许真个的闹出命案,看双方的气质和修养而定。

《尚书·无逸》:"相小人,厥父母勤劳稼穑,厥子乃不知稼穑之艰难,乃逸乃谚既诞。否则侮厥父母曰:'昔之人无闻知。'"这几句话很生动,大概是我们最古的代沟之说的一个例证。大意是说:请看一般小民,做父母的辛苦耕稼,年轻一代不知生活艰难，只知享受放荡，再不就是张口顶撞父母说："你们这些落伍的人，根本不懂事！"活画出一条沟的两边的人对峙的心理。小孩子嘛，总是贪玩。好逸恶劳，人之天性。只有饱尝艰苦的人，才知道以无逸为戒。做父母的人当初也是少不更事的孩子，代代相仍，历史重演。一代留下一沟，像树身上的年轮一般。

虽说一代一沟，腌臢的情形难免，然大体上相安无事。这就是因为有所谓传统者，把人的某一些观念胶着在一套固定的范畴里。"不以规矩不能成方圆"，大家都守规矩，尤其是年轻的一代。"鞋大鞋小，别走了样子！"小的一代自然不免要憋一肚皮委屈，但是，别忙，"多年的媳妇熬成婆，多年的道路走成河"，转眼间黄口小儿变成了鲐背耇老，又轮到自己唉声叹气，抱怨一肚皮不合时宜了。

我记得我小的时候，早起要跟着姊姊哥哥排队到上房给祖父母请安，像早朝一样的肃穆而紧张，在大柜前面两张二人凳上并排坐下，腿短不能触地，往往甩腿，这是犯大忌的，虽然我始终不知是犯了什么忌。祖父母的眼睛瞪得圆圆的，手指着我们的前后摆动的小腿说："怎么，一点样子都没有！"吓得我们的小腿立刻停摆，我的母亲觉得很没有面子，回到房里着实的数落了我们一番。祖孙之间隔着两条沟，心理上的隔阂如何得免？当时我心里纳闷，我甩腿，干卿底事。我十岁的时候，进了陶氏学堂，领到一身体操时穿的白帆布制服，有亮晶的铜纽扣，裤边还镶贴两条红带，现在回想起来有点滑稽，好像是卖仁丹游街宣传的乐队，那时却洋洋自得，满心欢喜的回家，没想到赢得的是一头雾水,"好呀!我还没死,就先穿起孝衣来了!"我触了白色的禁忌。出殡的时候,灵前是有两排穿白衣的"孝男儿",口里模仿嚎丧的哇哇叫。此后每逢体操课后回家,先在门洞脱衣,换上长褂,卷起裤筒。稍后,我进了清华,看见有人穿白帆布橡皮底的网球鞋,心羡不已,于是也从天津邮购了一双,但是始终没敢穿了回家。只求平安少生事。莫在代沟之内起风波。

大家庭制度下,公婆儿媳之间的代沟是最鲜明也最凄惨的。儿子自外归来,不能一头扎进闺房,那样做不但公婆瞪眼,所有的人都要竖起眉毛。他一定要先到上房请安,说说笑笑好一大阵,然后公婆(多半是婆)开恩发话,"你回屋里歇歇去吧",儿子奉旨回到闺闱。媳妇不能随后跟进,还要在公婆面前周旋一下,然后公婆再度开恩,"你也去吧",媳妇才能走,慢慢的走。如果媳妇正在院里浣洗衣服,儿子过去帮一下忙,到后院井里用柳罐汲取一两桶水,送过去备用,结果也会招致一顿长辈的唾骂:"你走开,这不是你做的事。"我记得半个多世纪以前,有一对大家庭中的小夫妻,十分的恩爱,夫暴病死,妻觉得在那样家庭中了无生趣,竟服毒以殉。殡殓后,追悼之日政府颁赠匾额曰:"彤管扬芬。"女家致送的白布横披曰:"看我门楣!"我们可以听得见代沟的冤魂哭泣,虽然代沟另一边的人还在逞强。

以上说的是六七十年前的事。代沟中有小风波,但没有大泛滥。张公艺九代同居,靠了一百多个忍字。其实九代之间就有八条沟,沟下有沟,一代压一代,那一百多个忍字还不是一面倒，多半由下面一代承当？古有明训，能忍自安。

五四运动实乃一大变局。新一代的人要造反，不再忍了。有人要"整理国故"，管他什么三坟五典八索九丘，都要揪出来重新交付审判。礼教被控吃人，孔家店遭受捣毁的威胁，世世代代留下来的沟要彻底翻腾一下，这下子可把旧一代的人吓坏了。有人提倡读经，有人竭力卫道，但是不是远水不救近火，便是只手难挽狂澜。代沟总崩溃，新一代的人如脱缰之马，一直旁出斜逸奔放驰骤到如今。旧一代的人则按照自然法则一批一批的凋谢，填入时代的沟壑。

代沟虽然永久存在，不过其现象可能随时变化。人生的麻烦事，千端万绪，要言之，不外财色两项。关于钱财，年长的一辈多少有一点吝啬的倾向。吝啬并不一定全是缺点。"称财多寡而节用之，富无金藏，贫不假贷，谓之啬。积多不能分人，而厚自养，谓之吝。不能分人，又不能自养，谓之爱。"这是《晏子春秋》的说法。所谓爱，就是守财奴。是有人好像是把孔方兄一个个的穿挂在他的肋骨上，取下一个都是血丝糊拉的。英文俚语，勉强拿出一块钱，叫做"咳出一块钱"，大概也是表示钱是深藏于肺腑，需要用力咳才能跳出来。年轻一代看了这种情形，老大的不以为然，心里想："这真是'昔之人，无闻知'，有钱不用，害得大家受苦，忘记了'一个钱也带不了棺材里去'。"心里有这样的愤懑蕴积，有时候就要发泄。所以，曾经有一个儿子向父亲要五十元零用，其父靳而不予，由冷言恶语而拖拖拉拉，儿子比较身手矫健，一把揪住父亲的领带，（唉，领带真误事）领带越揪越紧，父亲一口气上不来，一翻白眼，死了。这件案子，按理应剐，基于"心神丧失"的理由，没有剐，在代沟的历史里留下一个悲惨的记录。

人到成年，嘤嘤求偶，这时节不但自己着急，家长更是担心，可是所谓代沟出现了，一方面说这是我的事，你少管，另一方面说传宗接代的大事如何能不过问。一个人究竟是姣好还是寝陋，是端庄还是阴鸷，本来难有定评。"看那样子，长头发、牛仔裤、嬉游浪荡、好吃懒做，大概不是善类。""爬山、露营、打球、跳舞，都是青年的娱乐，难道要我们天天匀出工夫来晨昏定省，膝下承欢？"南辕北辙，越说越远。其实"养儿防老"、"我养你小，你养我老"的观念，现代的人大部分早已不再坚持。羽毛既丰，各奔前程，上下两代能保持朋友一般的关系，可疏可密，岁时存问，相待以礼，岂不甚妙？谁也无需剑拔弩张，放任自己，而诿过于代沟。沟是死的，人是活的！代沟需要沟通，不能像希腊神话中的亚历山大以利剑砍难解之绳结那样容易的一刀两断，因为人终归是人。

唐人自何处来

我二十二岁清华学校毕业，是年夏，全班数十同学搭"杰克逊总统"号由沪出发，于九月一日抵达美国西雅图。登陆后，暂息于青年会宿舍，一大部分立即乘火车东行，只有极少数的同学留下另行候车。预备到科罗拉多泉的有王国华、赵敏恒、陈肇彰、盛斯民和我几个人。赵敏恒和我被派在一间寝室里休息。寝室里有一张大床，但是光溜溜的没有被褥，我们二人就在床上闷坐，离乡背井，心里很是酸楚。时已夜晚，寒气袭人。突然间孙清波冲入室内，大声的说：

"我方才到街上走了一趟，我发现满街上全是黄发碧眼的人，没有一个黄脸的中国人了！"

赵敏恒听了之后，哀从衷来，哇的一声大哭，趴在床上抽噎。孙清波回头就走。我看了赵敏恒哭的样子，也觉得有一股凄凉之感。二十几岁的人，不算是小孩子，但是初到异乡异地，那份感受是够刺激的。午夜过后，有人喊我们出发去搭火车，在车站看见黑人车侍提着煤油灯摇摇晃晃的喊着："全都上车啊！全都上车啊！"

车过夏安，那是怀欧明州的都会，四通八达，算是一大站。从此换车南下便直达丹佛和科罗拉多泉了。我们在国内受到过警告，在美国火车上不可到餐车上用膳，因为价钱很贵，动辄数元，最好是沿站购买零食或下车小吃。在夏安要停留很久，我们就相偕下车，遥见小馆便去推门而入。我们选了一个桌子坐下，侍者送过菜单，我们捡价廉的菜色各自点了一份。在等饭的时候，偷眼看过去，见柜台后面坐着一位老者，黄脸黑发，像是中国人，又像是日本人。他不理我们，我们也不理他。

我们刚吃过了饭，那位老者踱过来了。他从耳朵上取下半截长的一支铅笔，在一张报纸的边上写道：

"唐人自何处来？"

果然，他是中国人，而且他也看出我们是中国人。他一定是广东台山来的老华侨。显然他不会说国语，大概是也不肯说英语，所以开始和我们笔谈。

我接过了铅笔，写道："自中国来。"

他的眼睛瞪大了，而且脸上泛起一丝笑容。他继续写道："来此何为？"

我写道："读书。"

这下子，他眼睛瞪得更大了，他收敛起笑容，严肃的向我们跷起了他的大拇指，然后他又踱回到柜台后面他的座位上。

我们到柜台边去付账。他摇摇头、摆摆手，好像是不肯收费，他说了一句话好像是："统统是唐人呀！"

我们称谢之后刚要出门，他又喂喂的把我们喊住，从柜台下面拿出一把雪茄烟，送我们每人一支。

我回到车上，点燃了那支雪茄。在吞烟吐雾之中，我心里纳闷，这位老者为什么不收餐费？为什么奉送雪茄？大概他在夏安开个小餐馆，很久没看到中国人，很久没看到一群中国青年，更很久没看到来读书的中国青年人。我们的出现点燃了他的同胞之爱。事隔数十年，我不能忘记和我们作简短笔谈的那位唐人。

健忘

是爱迪生吧？他一手持蛋，一手持表，准备把蛋下锅煮五分钟，但是他心里想的是一桩发明，竟把表投在锅里，两眼盯着那个蛋。

是牛顿吧？专心做一项实验，忘了吃摆在桌上的一餐饭。有人故意戏弄他，把那一盘菜肴换为一盘吃剩的骨头。他饿极了，走过去吃，看到盘里的骨头叹口气说："我真糊涂，我已经吃过了。"

这两件事其实都不能算是健忘，都是因为心有所旁骛，心不在焉而已。废寝忘餐的事例，古今中外尽多的是。真正患健忘症的，多半是上了年纪的人。小小的脑壳，里面能装进多少东西？从五六岁记事的时候起，脑子里就开始储藏这花花世界的种种印象,牙牙学语之后,不久又"念、背、打",打进去无数的诗云、子曰,说不定还要硬塞进去一套 ABCD,脑海已经填得差不多,大量的什么三角儿、理化、中外史地之类又猛灌而入,一直到了成年,脑子还是不得轻闲,做事上班、养家口,无穷无尽的茸闾事由需要记挂,脑子里挤得密不通风,天长日久,老态荐臻,脑子里怎能不生锈发霉而记忆开始模糊?

人老了,常易忘记人的姓名。大概谁都有过这样的经验:蓦的途遇半生不熟的一个人,握手言欢老半天,就是想不起他的姓名,也不好意思问他尊姓大名,这情形好尴尬,也许事后于无意中他的姓名猛然间涌现出来,若不及时记载下来,恐怕随后又忘到九霄云外。人在尚未饮忘川之水的时候,脑子里就已开始了清仓的活动。范成大诗:"僚旧姓名多健忘,家人长短总佯聋。"僚旧那么多,有几个能令人长相忆?即使记得他的相貌特征,他的姓名也早已模糊了,倒是他的绰号有时可能还记得。

不过也有些事是终身难忘的,白居易所谓"老来多健忘,惟不忘相思。"当然相思的对象可能因人而异。大概初恋的滋味是永远难忘的,两团爱凑在一起,迸然爆出了火花,那一段惊心动魄的感受,任何人都会珍藏在他和她的记忆里,忘不了,忘不了。"春风得意马蹄疾"的得意事,不容易忘怀,而且惟恐大家不知道。沮丧、窝囊、羞耻、失败的不如意事也不容易忘,只是捂捂盖盖的不愿意一再的抖露出来。

忘不一定是坏事。能主动的彻底的忘,需要上乘的功夫才办得到。《孔子家语》:"哀公问于孔子曰:'寡人闻忘之甚者,从徙忘其妻,有诸?'孔子曰:'此犹未甚者也。甚者乃忘其身。'"徙而忘其妻,不足为训,但是忘其身则颇有道行。人之大患在于有身,能忘其身即是到了忘我的境界。常听人说,忘恩负义乃是最令人难堪的事之一。莎士比亚有这样的插曲:

> 吹,吹,冬天的风,你不似人间的忘恩负义
> 那样的伤天害理;
> 你的牙不是那样的尖,
> 因为你本是没有形迹,
> 虽然你的呼吸甚厉。……
> 冻,冻,严酷的天,
> 你不似人间的负义忘恩
> 那般的深刻伤人;
> 虽然你能改变水性,
> 你的尖刺却不够凶,
> 像那不念旧交的人。……

其实施恩示义的一方,若是根本忘怀其事,不在心里留下任何痕迹,则对方根本也就像是无恩可忘无义可负了。所以崔瑗座右铭有"施人慎勿念,受施慎勿忘"之语。玛克斯·奥瑞利阿斯说:"我们遇到忘恩负义的人不要惊讶,因为这世界上就是有这样的一种人。"这种见怪不怪的说法,虽然洒脱,仍嫌执着,不是最上乘义。《列子·周穆王》篇有一段较为透彻的见解:

宋阳里华子,中年病忘。朝取而夕忘,夕与而朝亡;在途则忘行,在室则忘坐;今不识先,后不识今。阖家苦之。巫医皆束手无策。鲁有儒生自媒能治之。华子之妻以所蓄资财之半求其治疗之方。儒生曰:"此非祈祷药石所能治。吾试化导其心情,改变其思虑,或可愈乎?"于是试露之,而求衣;饥之,而求食;幽之,而求明。儒生欣然告其子曰:"疾可除也,然吾之方秘密传授,不以告人。试屏左右,我一人与病者同室为之施术七日。"从之。不知其所用何术,而多年之疾一旦尽除。华子既悟,乃大怒,处罚妻子,操戈逐儒生。宋人止之,问其故。华子曰:"曩吾忘也,荡荡然不觉天地之有无。今顿识既往,数十年来存亡得失,哀乐好恶,扰扰万绪起矣。吾恐将来之存亡得失、哀乐好恶之乱吾心如此也。须臾之忘,可复得乎?"子贡闻而怪之。孔子曰:"此非汝所及也。"

人而健忘,自有诸多不便处。有人曾打电话给朋友,询问自己家里的电话号码。也有人外出餐叙,餐毕回家而忘了自家的住址,在街头徘徊四顾,幸而遇到仁人君子送他回去。更严重的是有人忘记自己是谁,自己的姓名、住址一概不知,真所谓物我两忘,结果只好被人送进警局招领。像华子所向往的那种"荡荡然不觉天地之有无"的境界,我们若能偶然体验一下,未尝不可,若是长久的那样精进而不退转,则与植物无大差异,给人带来的烦扰未免太大了。

暴发户

暴发户，外国也有，叫做 parvenu 或 nouveau riche，义为新贵新富。这一种人，有鲜明的特征，在人群中自成一格，令人一眼就可以辨认出来。旧戏里有一个小丑曾说过这样的一句话："树小墙新画不古，此人必是内务府。"挖苦暴发户，入木三分。

内务府是前清的一个衙门，掌管大内的财务出纳，以及祭礼、宴飨、膳馐、衣服、赐予、刑法、工作、教习，职务繁杂，组织庞大，下分七司三院，其长官名为总理大臣。凡能侧身其间者，无不被人艳羡，视为肥缺。"三年清知府，十万雪花银"，何况是给皇帝佬儿办总务？经手三分肥，内务府当差的几乎个个暴发。

人在暴发之后，第一桩事多半是求田问舍。锯木头，盖房子，叱咤立办；山节藻棁，玉砌雕栏，亦非难致。惟独想在庭院之中立即拥有三槐五柳，婆娑掩映于朱门绣户之间，则非人力财力所能立即实现。十年树木，还是保守的说法，十年过后也许几株龙柏可以不再需要木架扶持，也许那些七杈八杈韵味毫无的油加利猛蹿三两丈高。时间没有成熟之前，房子尽管富丽堂皇，堂前也只好放四盆石榴树，几棵夹竹桃，南墙脚摆几盆秋海棠。树，如果有，一定是小的。新盖的房子，墙也一定是新的，丹、青、赭、垩，光艳照人，还没来得及风雨剥蚀，还没来得及接受行人题名、顽童刻画、野狗遗溺。此之谓树小墙新。

　　暴发户对于室内装潢是相当考究的。进得门来，迎面少不得一个特大号的红地洒金的福字斗方，是倒挂着的，表示福到了。如果一排五个斗方，当然更好，那是五福临门。室内灯饰，不比寻常。通常是八盏粗制滥造的仿古宫灯，因为楠木框花毛玻璃已不可得，象牙饰丝线穗更不必说。此外墙上、柱上、梁上、天花板上，还有无数的大大小小的电灯，甚至还有一串串的跑灯、霓虹灯，略似电视综艺节目之豪华场面。墙上也许还挂起一两幅政要亲笔题款的玉照，主人借以对客指点曰："某公厚我，某公厚我。"但是墙上没有画是不行的，乃斥巨资定绘牡丹图，牡丹是五色的，象征五福临门，未放的花苞要多，象征多子多孙，题曰"富贵满堂"。如果这一幅还不够，可再加一幅猫蝶图，或是一幅"鹤鹿同春"，鹤要红顶，鹿要梅花。总之是画不古，顶多也许有一张仇十洲的仕女或是郑板桥的墨竹，好像稍为古一点点，但是谁愿说穿是真迹还是赝品？

新屋落成而不宴宾客，那简直是衣锦夜行。于是詹吉折简，大张盛筵。席开三桌，座位次序都经过审慎的考虑安排，中间一桌是政界，大小首长；右边一桌是商界，公司大亨；左边一桌只能算是"各界"，非官非商的一些闲杂人等。整套的银器出笼，也许是镀银，光亮耀眼，大型的器皿都是下有保温的热水屉，上有覆罩的碗盖。如果是鸡鸭，碗盖雕塑成鸡鸭形，如果是鱼，则成鱼形。碗足上、筷子上都刻有题字曰"某某自置"。一旁伺候的男女佣人，全穿制服，白布长衫旗袍，领口、袖口、下摆还绲着红边。至于席上的珍馐，则渚旅重叠，燔炙满案。客人连声夸好，主人则忙不迭的说："家常便饭不成敬意。"

饭前饭后少不得要引导宾客参观新居，这是宴客的主要项目。先从客厅看起，长廊广庑，敞豁有容，中间是一块大地毯，主人说明是波斯制品，可是很明显的图案不像。几套皮垫大沙发之外，有一套远看像是楠木雕花长案、小几、太师椅之类的古老家具。长案之上有百古架、玉如意、百鹿敦、金钟、玉磬，挤得密密杂杂。小几前面居然还有蓝花白瓷的痰盂。旁边可能有一大箱热带鱼，另一边可能有大型立体音响。至于电视机，那就一定不止一台了。寝室里四壁至少有两面全是镜子，花灯照耀之下，有如置身水晶宫中。高广大床，锦帏绣帐，松软的弹簧床垫像是一大块天使蛋糕。浴缸则像是小型游泳池。书房也有一间，窗明几净，文房四宝罗列井然。书柜里有廿五史、百科全书，以及六法全书，一律布面烫金，金光熠熠。后院有温室一间，里面挂着几盆刚开败了的洋兰。众宾客参观完毕，啧啧称赞，可是其中也有一位冷冷的低声的说："这全是邓闲之功！"人问其语出何典，他说："不记得水浒传王婆贪贿说风情，有所谓五字诀么？"众皆粲然，主人也似懂非懂的跟着大家哈、哈、哈。

主人在仰着头打哈哈的时候，脖梗子上明显的露出三道厚厚的肥肉折叠起来的沟痕。大腹便便，虽不至"垂腴尺余"，也够瞧老大半天。"乐然后笑"，心里欢畅，自然就面团团，不时的辗然而笑。常言道："人非横财不富，马无夜草不肥。"横财自何处来？没有人事前知道，只能说是逼人而来，说得玄虚一点便是自来处来。不过事后分析，也可找出一些蛛丝马迹，不会没有因缘。大抵其人投机冒险，而又遭逢时会，遂令竖子暴发。"君子之泽，五世而斩。"暴发户呢？其兴也暴，很可能"眼看他起高楼，眼看他宴宾客，眼看他楼塌了！"

嬾

人没有不懒的。

大清早，尤其是在寒冬，被窝暖暖的，要想打个挺就起床，真不容易。荒鸡叫，由他叫。闹钟响，何妨按一下钮，在床上再赖上几分钟。白香山大概就是一个惯睡懒觉的人，他不讳言"日高睡足犹慵起，小阁重衾不怕寒。"他不仅懒，还馋，大言不惭的说："慵馋还自哂，快乐亦谁知？"白香山活了七十五岁，可是写了两千七百九十首诗，早晨睡睡懒觉，我们还有什么说的？

嬾字从女（嬾已简化为懒——编者），当初造字的人好像是对于女性存有偏见。其实勤与懒与性别无关。历史人物中，疏懒成性者嵇康要算是一位。他自承："不涉经学，性复疏懒，筋弩肉缓,头面常一月十五日不洗,不大闷痒,不能沐也。每常小便,而忍不起,令胞中略转,乃起耳。"同时,他也是"卧喜晚起"之徒,而且"性复多虱,把搔无已"。他可以长期的不洗头、不洗脸、不洗澡,以至于浑身生虱!和扪虱而谈的王猛都是一时名士。白居易"经年不沐浴,尘垢满肌肤",还不是由于懒?苏东坡好像也够邋遢的,他有"老来百事懒,身垢犹念浴"之句,懒到身上蒙垢的时候才做沐浴之想。女人似不至此,尚无因懒而昌言无隐引以自傲的。主持中馈的一向是女人,缝衣捣砧的也一向是女人。"早起三光,晚起三慌"是从前流行的女性自励语,所谓三光、三慌是指头上、脸上、脚上。从前的女人,夙兴夜寐,没有不患睡眠不足的,上上下下都要伺候周到,还要揪着公鸡的尾巴就起来,来照顾她自己的"妇容"。头要梳,脸要洗,脚要裹。所以朝晖未上就花朵盛开的牵牛花,别称为"勤娘子",懒婆娘没有欣赏的分,大概她只能观赏昙花。时到如今,情形当然不同,我们放眼观察,所谓前进的新女性,哪一个不是生龙活虎一般,主内兼主外,集家事与职业于一身?世上如果真有所谓懒婆娘,我想其数目不会多于好吃懒做的男子汉。北平从前有一个流行的儿歌:"头不梳,脸不洗,拿起尿盆儿就舀米。"这是夸张的讽刺。嬾字从女,有一点冤枉。

  凡是自安于懒的人,大抵有他或她的一套想法。可以推给别人做的事,何必自己做?可以拖到明天做的事,何必今天做?一推一拖,懒之能事尽矣。自以为偶然偷懒,无伤大雅。而且世事多变,往往变则通,在推拖之际,情势起了变化,可能一些棘手的问题会自然解决。"不须计较苦劳心，万事原来有命！"好像有时候馅饼是会从天上掉下来似的。这种打算只有一失，因为人生无常，如石火风灯，今天之后有明天，明天之后还有明天，可是谁也不知道自己还有没有明天。即使命不该绝，明天还有明天的事，事越积越多，越多越懒得去做。"虱多不痒，债多不愁"，那是自我解嘲！懒人做事，拖拖拉拉，到头来没有不丢三落四狼狈慌张的。你懒，别人也懒，一推再推，推来推去，其结果只有误事。

懒不是不可医，但须下手早，而且须从小处着手。这事需劳做父母的帮一把手。有一家三个孩子都贪睡懒觉，遇到假日还理直气壮的大睡，到时候母亲拿起晒衣服用的竹竿在三张小床上横扫，三个小把戏像鲤鱼打挺似的翻身而起。此后他们养成了早起的习惯，一直到大。父亲房里有几份报纸，欢迎阅览，但是他有一个怪毛病，任谁看完报纸之后，必须折好叠好放还原处，否则他就大吼大叫。于是三个小把戏触类旁通，不但看完报纸立即还原，对于其他家中日用品也不敢随手乱放。小处不懒，大事也就容易勤快。

我自己是一个相当懒的人，常走抵抗最小的路，虚掷不少的光阴。"架上非无书，眼慵不能看。"（白香山句）等到知道用功的时候，徒惊岁晚而已。英国十八世纪的绥夫特，偕仆远行，路途泥泞，翌晨呼仆擦洗他的皮靴，仆有难色，他说："今天擦洗干净，明天还是要泥污。"绥夫特说："好，你今天不要吃早餐了。今天吃了，明天还是要吃。"唐朝的高僧百丈禅师，以"一日不作，一日不食"自励，每天都要劳动做农事，至老不休。有一天他的弟子们看不过，故意把他的农具藏了起来，使他无法工作，他于是真个的饿了自己一天没有进食。得道的方外的人都知道刻苦自律。清代画家石豁和尚在他一幅《溪山无尽图》上题了这样一段话，特别令人警惕。

"大凡天地生人，宜清勤自持，不可懒惰。若当得个懒字，便是懒汉，终无用处。……残衲住牛首山房朝夕焚诵，稍余一刻，必登山选胜，一有所得，随笔作山水数幅或字一段，总之不放闲过。所谓静生动，动必作出一番事业。端教一个人立于天地间无愧。若忽忽不知，懒而不觉，何异草木！"

一株小小的含羞草，尚且不是完全的"忽忽不知，懒而不觉！"若是人而不如小草，羞！羞！羞！

鼾

我初到南京教书那一年,先是初安置在一间宿舍里,可巧一位朋友也是应聘自北平来,遂暂与我同居一室。夜晚就寝,这位相貌清癯仪态潇洒的朋友,头刚沾枕,立刻响起鼾声,不是普通呼噜呼噜的鼾声,他调门高,作金石声,有铜锤花脸或是秦腔的韵味,而且在十响八响的高亢的鼾声之后,还猛然带一个逆腔的回钩。这下子他把自己惊醒了,可是他哼哼唧唧的蠕动了几下,又开始奏起他的独特的音乐。我不知所措,彻夜无眠。

过两天这位朋友搬走了,又来了一位心广体胖脂腴特丰的朋友,他在南京有家,看见我室有空床,决意要和我联床夜话。他块头大、气势足,鼾声轰隆轰隆,不同凡响。凡事应慎之于始,我立即拿起一只多余的绣花枕头,对准他的床上掷去,他徐徐的开言道:"你是嫌我鼾声太大么?"原来他尚未睡熟,只是小试啼声,预演的性质。我毫无办法,听他演奏通宵达旦。

我本来没有打鼾的习惯,等到中年发福,又常以把盏为乐,"三日不饮酒,觉形神不复相亲",于是三日一小饮,五日一大醉,隗然卧倒,鼾声如雷。我初不自知,当然亦不肯承认,可是家人指控历历如绘,甚至于形容我的呼声之高,硬说我一呼一吸之际,屋门也应声一翕一张。小女淘气,复于我鼾声大作之时,录声为证。无法抵赖,只得承招。但是我还要试为自己解脱,引证先贤亦复尔尔,不足为病,未可厚非。黄山谷题苏东坡书后有云:"东坡居士性喜酒,然不能四五龠,已烂醉就卧,鼻鼾如雷。"可见贤者不免,吾又何尤?

鼾声扰人,究竟不是好事。记得有人发明过一种"止鼾器",睡时纳入口中,好像就能控制口腔内某一部分的筋肉使之不能颤动,自然就不会发出鼾声。我没见过这种伟大发明,也不知道有什么情愿一试的人做过实验。这种东西没有流行到市面上来,很快的就匿迹销声,不是证明其为无效,是证明人对于鼾的厌恶尚未深刻到甘心情愿以异物纳入口腔的程度。

如果不是在人卧榻之侧制造噪音,扰人清睡,打鼾似乎没有多大害处。有些医学家可不这样想。报载:

【合众国际社密歇根安那柏一九七六年十一月十九日电】一位研究睡眠失常的专家指出,鼾声太大可能对健康有害；情况严重的，甚至会使你的心脏停止跳动。史丹福大学睡眠失常门诊中心主任狄蒙博士在密歇根大学的内科医师会议上指出，有打鼾毛病的人几乎无法真正睡一晚好眠。

他说，鼾声大的人，每一千位成年男人中，平均有一人当他睡着时心脏有停止跳动的危险。……当他们的喉头上部与口腔组织过度松弛时，就切断了通向肺部的空气。……这些睡眠者因此必须挣扎喘气，以吸取空气至肺内。严重时，此种循环一晚可能发生四百次，其中包括心跳不规则。这意味一个人在一年内有一千万次他的心跳可能停止的机会。我们猜测发生此种情形的次数，远较医学界所知者为多，因为此种病人醒着时没有心脏病的困扰，而且死后验尸也看不出此种症状。……我们常听说到的所谓无疾而终，一睡不起，或是溘然坐化，也许其中一部分就是因为有严重的打鼾习惯。我不确知谁是因鼾而停止呼吸而猝然物化，不过打鼾的朋友们确是常有鼾声正酣之际陡然停止出声的情事。在这种情形中，醒着的人都为他担心，生怕他一时喘不过气来而发生意外。通常他是休止几秒钟便又惊醒过来的。陈抟高卧，动辄百余日不起，不知他最后是否于鼾眠中尸解。

若说鼾声悦耳，怕谁也不信。但也有例外，要看鼾声发自何人。我从前有一位朋友卜居青岛汇泉，推开屋门即见平坦广大的海滩，再望过去就是辽阔无垠的海洋，月明风清之夜，潮汐涨退之声可闻，景物幽绝。遥想当年英国诗人阿诺德在多汶海峡听惊涛拍岸时所引发的感触,此情此景大概仿佛。我的朋友却不以为然,他说夜晚听无穷无尽的波涛撞击的音响,单调得令人心烦,海潮音实在听不入耳。天籁都不能令他动心,还有什么音响能令他欣赏呢?他正言相告:"要想听人世间最美妙的音乐,莫过于夜阑人静,微闻妻室儿女从榻上传来的停匀的一波一波的鼾声,那时节我真个领略到'上帝在天,世上一片宁谧安详'的意境。"

好几年前,《读者文摘》有一篇说鼾的小文。于分析描述打鼾的种种之后,篇末画龙点睛的补上一笔:"鼾声是不是讨人厌,问寡妇。"

吸 烟

烟，也就是菸，译音曰淡巴菰。这种毒草，原产于中南美洲，遍传世界各地。到明朝，才传进中土。利马窦在明万历年间以鼻烟入贡，后来鼻烟就风靡了朝野。在欧洲，鼻烟是放在精美的小盒里，随身携带。吸时，以指端蘸鼻烟少许，向鼻孔一抹，猛吸之，怡然自得。我幼时常见我祖父辈的朋友不时的在鼻孔处抹鼻烟，抹得鼻孔和上唇都染上焦黄的颜色。据说能明目祛疾，谁知道？我祖父不吸鼻烟，可是备有"十三太保"，十二个小瓶环绕一个大瓶，瓶口紧包着一块黄褐色的布，各瓶品味不同，放在一个圆盘里，捧献在客人面前。我们中国人比欧人考究，随身携带鼻烟壶，玉的、翠的、玛瑙的、水晶的，精雕细镂，形状百出。有的山水图画是从透明的壶里面画的，真是鬼斧神工，不知是如何下笔的。壶有盖，盖下有小勺匙，以勺匙取鼻烟置一小玉垫上，然后用指端蘸而吸之。我家藏鼻烟壶数十，丧乱中只带出了一个翡翠盖的白玉壶，里面还存了小半壶鼻烟，百余年后，烈味未除，试嗅一小勺，立刻连打喷嚏不能止。

我祖父抽旱烟，一尺多长的烟管，翡翠的烟嘴，白铜的烟袋锅（烟袋锅子是塾师敲打学生脑壳的利器，有过经验的人不会忘记）。著名的关东烟的烟叶子贮在一个绣花的红缎子葫芦形的荷包里。有些旱烟管四五尺长，若要点燃烟袋锅子里的烟草，则人非长臂猿，相当吃力，一时无人伺候则只好自己划一根火柴插在烟袋锅里，然后急速掉过头来抽吸。普通的旱烟管不那样长，那样长的不容易清洗。烟袋锅子里积的烟油，常用以塞进壁虎的嘴巴置之于死。

我祖母抽水烟。水烟袋仿自阿拉伯人的水烟筒（hookah），不过我们中国制造的白铜水烟袋，形状乖巧得多。每天需要上下抖动的冲洗，呱哒呱哒的响。有一种特制的烟丝，兰州产，比较柔软。用表心纸揉纸媒儿，常是动员大人孩子一齐动手，成为一种乐事。经常保持一两只水烟袋作敬客之用。我记得每逢家里有病人，延请名医周立桐来看病，这位飘着胡须的老者总是昂首登堂直就后炕的上座，这时候送上盖碗茶和水烟袋，老人拿起水烟袋，装上烟草，突的一声吹燃了纸媒儿，呼噜呼噜抽上三两口，然后抽出烟袋管，把里面烧过的烟烬吹落在他自己的手心里，再投入面前的痰盂，而且投得准。这一套手法干净利落。抽过三五袋之后，呷一口茶，才开始说话："怎么？

又是哪一位不舒服啦?"每次如此,活龙活现。

我父亲是饭后照例一支雪茄,随时补充纸烟,纸烟的铁罐打开来,嘶的一声响,先在里面的纸笺上写启用的日期,藉以察考每日消耗数量不使过高。雪茄形似飞艇,尖端上打个洞,叼在嘴里真不雅观,可是气味芬芳。纸烟中高级者都是舶来品,中下级者如强盗牌在民初左右风行一时,稍后如白锡包、粉包、国产的联珠、前门等等,皆为一般人所乐用。就中以粉包为特受欢迎的一种,因其烟支之粗细松紧正合吸海洛因者打"高射烟"之用。儿童最喜欢收集纸烟包中附置的彩色画片。好像是前门牌吧,附置的画片是水浒传一百零八条好汉的画像,如有人能搜集全套,可得什么什么的奖品,一时儿童们趋之若鹜。可怜那些热心的收集者,枉费心机,等了多久多久,那位及时雨宋公明就是不肯亮相!是否有人集得全套,只有天知道了。

抽烟的人总是桌上放一罐烟,客来则敬烟,这是最起码的礼貌。可是到了抗战时期,这情形稍有改变。在后方,物资艰难,只有特殊人物才能从怀里掏出"幸运""骆驼""三五""毛利斯"在侪辈面前炫耀一番,只有豪门仕女才能双指夹着一支细长的红嘴的"法蒂玛"忸怩作态。一般人吸的是"双喜",等而下之的便要数"狗屁牌"(Cupid)香烟了。这亵渎爱神名义的纸烟,气味如何自不待言,奇的是卷烟纸上有涂抹不匀的硝,吸的时候会像儿童玩的烟火"滴滴金",噼噼啪啪的作响、冒火星,令人吓一跳。饶是烟质不美,瘾君子还是不可一日无此君,而且通常是人各一包深藏在衣袋里面,不愿人知是何品牌，要吸时便伸手入袋，暗中摸索，然后突的抽出一支，点燃之后自得其乐。一听烟放在桌上任人取吸，那种场面不可复见。直到如今，大家元气稍复，敬烟之事已很寻常，但是开放式的一罐香烟经常放在桌上，仍不多见。

我吸纸烟始自留学时期，独身在外，无人禁制，而天涯羁旅，心绪如麻，看见别人吞云吐雾，自己也就效颦起来。此后若干年，由一日一包，而一日两包，而一日一听。约在二十年前，有一天心血来潮，我想试一试自己有多少克己的力量，不妨先从戒烟做起。马克·吐温说过："戒烟是很容易的事，我一生戒过好几十次了。"我没有选择黄道吉日，也没有诹访室人，闷声不响的把剩余的纸烟一股脑儿丢在垃圾堆里，留下烟嘴、烟斗、烟包、打火机，以后分别赠给别人，只是烟灰缸没有抛弃。"冷火鸡"的戒烟法不大好受，一时间手足失措，六神无主，但是工作实在太忙，要发烟瘾没得工夫，实在熬不过就吃一块巧克力。巧克力尚未吃完一盒，又实在腻味，于是把巧克力也戒掉了。说来惭愧，我戒烟只此一遭，以后一直没有再戒过。

吸烟无益，可是很多人都说"不为无益之事何以遣有涯之生？"而且无益之事有很多是有甚于吸烟者，所以吸烟或不吸烟，应由各人自行权衡决定。有一个人吸烟，不知是为特技表演，还是为节省买烟钱，经常猛吸一口咽烟下肚，绝不污染体外的空气，过了几年此人染了肺癌。我吸了几十年烟，最后才改吸不花钱的新鲜空气。如果在公共场所遇到有人口里冒烟，甚或直向我的面前喷射毒雾，我便退避三舍，心里暗自咒诅："我过去就是这副讨人嫌恶的样子！"

签 字

　　一个人愿意怎样签他的名字，是纯属于他个人的事，他有充分自由，没有人能干涉他。不过也有一个起码的条件，他签字必须能令人认识，否则签字可能失去了意义，甚至带来不必要的烦扰。有一次，一个学校考试放榜前夕，因为弥封编号的关系，必须核对报名表以取得真实姓名，不料有一位考生在报名上的签字如龙飞凤舞，又如春蚓秋蛇，又似鬼画符，非籀非篆，非行非草，大家传观，各作了不同的鉴定。有人说这样的考生必非善类，不取也罢。有人惜才，因为他考试的成绩很好。扰攘了半晌，有人出了高招，轻轻的揭下他的照片，看看照片背面的签字式是否可资比较。这一招，果然有分教，约略的看出了这位匠心独运的考生真实姓名。对于他的书法，大家都摇头。我没有追踪调查该生日后是否成了一位新潮派的画家或现代派的诗人。

支票上的签字可以任意勾画，而且无妨故出奇招，令人无从辨识，甚至像是一团乱麻，漆黑一团亦无不可，总之是要令人难以模仿。不过每次签字必须一致，涂鸦也好，墨猪也好，那猪那鸦必须永远是一个模式。在其他的场合就怕不能这样自由。有不相识的人写信给我，信的本身显示他很正常，但是他的正常没有维持到底，他的姓名我无法辨识，而信又有作复的必要，我无可奈何只好把他的签字式剪下来贴在复信的信封上，是否可以寄达我就不知道了。这位先生可能有一种误会，以为他的签字是任何读书识字的人所应该一看就懂的。

我们中国的字，由仓颉起，而甲骨、而钟鼎、而篆、而隶、而行、而草、而楷，变化多端，但是那变化是经过演化而约定俗成的。即使是草书，其中也有一定的标准写法，并不是每个人都可以潦草的任意大笔一挥。所以有所谓"标准草书"，草书也自有其一定的写法。从前小学颇重写字一课，有些教师指定学生临写草书千字文，现在没有人肯干这种傻事了。翻看任何红白喜事的签到簿，其中总会有些令人啼笑皆非的签字式。有些画家完成钜构之后签名如画押。八大山人的签字式很怪，有人说是略似"哭之笑之"，寓有隐痛。画不如八大者不得援例。

签字式最足以代表一个人的性格。王羲之的签字有几十种样式，万变不离其宗，一律的圆熟隽俏。看他的署名，不论是在笺头或是柬尾，一副翩翩的风致跃然纸上。他写的"之"字变化多端，都是摇曳生姿。世之学逸少书者多矣，没人能得其精髓，非太肥即太瘦，非太松即太紧，羲之二字即模仿不得。

有人沾染西俗，遇到新闻人物辄一拥而上，手持小簿，或临时撕扯的零张片楮，请求签名留念。其实那签字之后，下落多半不明，徒滋纷扰而已。我记得有一年，某省考试公费留学，某生成绩不恶，最后口试，他应答之后一时兴起，从衣袋里抽出小簿，请考试委员一一签名留念，主考者勃然大怒，予以斥退，遂至名落孙山。

雁塔题名好像是雅事，其实俗陋可哂。雁塔上题名者不仅是新进士，僧道庶士亦杂列其间。流风遗韵到今未已，凡属名胜，几乎到处都有某某到此一游的题记，甚至于用刀雕刻以期芳名垂诸久远。三代以下惟恐其不好名，不过名亦有善恶之别。我记得某家围墙新敷水泥，路过行人中不知哪一位逸兴遄飞，拾起一块石头或木棍之类，趁水泥湿软未干，以遒劲的笔法大书"王××"三个字。事隔二十余年，其题名犹未漫漶，可惜他的大名实在不雅。

梦

《庄子·大宗师》:"古之真人,其寝不梦。"注:"其寝不梦,神定也,所谓至人无梦是也。"做到至人的地步是很不容易的,要物我两忘,"嗒然若丧其耦"才行。偶然接连若干天都是一夜无梦,混混噩噩的睡到大天光,这种事情是常有的,但是长久的不做梦,谁也办不到。有时候想梦见一个人,或是想梦做一件事,或是想梦到一个地方,拼命的想,热烈的想,刻骨镂心的想,偏偏想不到,偏偏不肯入梦来。有时候没有想过的,根本不曾起过念头的,而且是荒谬绝伦的事情,竟会窜入梦中,突如其来,挥之不去,好惊、好怕、好窘、好羞!至于我们所企求的梦,或是值得一做的梦,那是很难得一遇的事,即使偶有好梦,也往往被不相干的事情打断,矍然而觉。大致讲来，好梦难成，而噩梦连连。

我小时候常做的一种梦是下大雪。北国冬寒，雪虐风饕原是常事，哪有一年不下雪的？在我幼小心灵中，对于雪没有太大的震撼，顶多在院里堆雪人、打雪仗。但是我一年四季之中经常梦雪；差不多每隔一二十天就要梦一次。对于我，雪不是"战退玉龙三百万，败鳞残甲满天飞"（张承吉句），我没有那种狂想。也没有白居易"可怜今夜鹅毛雪，引得高情鹤氅人"那样的雅兴。更没有柳宗元"独钓寒江雪"的那份幽独的感受。雪只是大片大片的六出雪花，似有声似无声的、没头没脑的从天空筛将下来。如果这一场大雪把地面上的一切不平都匀称的遮覆起来，大地成为白茫茫的一片，像韩昌黎所谓"凹中初盖底，凸处尽成堆"，或是相传某公所谓的"黑狗身上白，白狗身上肿"我一觉醒来便觉得心旷神怡，整天高兴。若是一场风雪有气无力，只下了薄薄一层，地面上的枯枝败叶依然暴露，房顶上的瓦栊也遮盖不住，我登时就会觉得哽结，醒后头痛欲裂，终朝寡欢。这样的梦我一直做到十四五岁才告停止。

紧接着常做的是另一种梦，梦到飞。不是像一朵孤云似的飞，也不是像抟扶摇而上九万里的大鹏，更不是徐志摩在《想飞》一文中所说"飞上天空去浮着，看地球这弹丸在太空里滚着，从陆地看到海，从海再看回陆地。凌空去看一个明白……"我没有这样规模的豪想。我梦飞，是脚踏实地的两腿一弯，向上一纵，就离了地面，起先是一尺来高，渐渐上升一丈开外，两脚轻轻摆动，就毫不费力的越过了影壁，从一个小院窜到另一个小院，左旋右转，夷犹如意。这样的梦，我经常做,像潘彼得"那个永远长不大的孩子",说飞就飞,来去自如。醒来之后,就觉得浑身通泰。若是在梦里两腿一蹬,竟飞不起来,身像铅一般的重,那么醒来就非常沮丧,一天不痛快。这样的梦做到十八九岁就不再有了。大概是潘彼得已经长大,而我像是雪莱《西风歌》所说的"落在人生的荆棘上了!"

成年以后,我过的是梦想颠倒的生活,白天梦做不少,夜梦却没有什么可说的。江淹少时梦人授以五色笔,由是文藻日新。王珣梦大笔如椽,果然成大手笔。李白少时笔头生花,自是天才赡逸,这都是奇迹。说来惭愧,我有过一支小小的可以旋转笔芯的四色铅笔,我也有过一幅朋友画赠的"梦笔生花图",但是都无补于我的文思。我的亲人、我的朋友送给我的各式各样的大小精粗的笔,不计其数,就是没有梦见过五色笔,也没有梦见过笔头生花。至于黄帝之梦游华胥、孔子之梦见周公、庄子之梦为蝴蝶、陶侃之梦见天门,不消说,对我更是无缘了。我常有噩梦,不是出门迷失,找不着归途,到处"鬼打墙",就是内急找不到方便之处,即使找到了地方也难得立足之地,再不就是和恶人打斗而四肢无力,结果大概都是大叫一声而觉。像黄粱梦、南柯一梦……那样的丰富经验,纵然是梦不也是很快意么?

梦本是幻觉,迷离惝恍,与过去的意识或者有关,与未来的现实应是无涉,但是自古以来就把梦当兆头。晋皇甫谧《帝王世纪》说:黄帝做了两个大梦,一个是"大风吹天下之尘垢皆去",一个是"人执千钧之弩驱羊万群",于是他用江湖上拆字的方法占梦,依前梦"得风后于海隅,登以为相",依后梦

"得力牧于大泽，进以为将"。据说黄帝还著了《占梦经》十一卷。假定黄帝轩辕氏是于公元前二六九八年即帝位，他用什么工具著书，其书如何得传，这且不必追问。周礼春官证实当时有官专司占梦之事，"观天地之会，辨阴阳之气，以日月星辰，占六梦之吉凶，一曰正梦，二曰噩梦，三曰思梦，四曰寤梦，五曰喜梦，六曰惧梦。"后世没有占梦的官了，可是梦为吉凶之兆，这种想法仍深入人心。如今一般人梦棺材，以为是升官发财之兆；梦粪便，以为是黄金万两之征。何况自古就有传说，梦熊为男子之祥，梦兰为妇人有身，甚至梦见自己的肚皮上生出一棵大松树，谓为将见人君，真是痴人说梦。

电话

清末民初的时候，北平开始有了电话，但是还不普遍。我家里在一九一二年装了电话，我还记得号码是东局六八六号。那一天，我们小孩子都很兴奋，看电话局的工人们蹿房越脊牵着电线走如履平地，像是特技表演。那时候，一般人都称电话为德律风，当然是译音。但是清末某一位上海人的笔记，自作聪明，说德律风乃西洋某发明家之姓氏，因纪念他的发明，遂以他的姓氏名之。那时的电话不似现在的样式，是钉挂在墙上的庞然大物，顶端两个大铃像是瞪着的大眼睛，下面是一块斜木板，预备放纸笔什么的样子，再下面便像是隆起的大腹，里边是机器了。右手有个摇尺，打电话的时候要咕噜咕噜的猛摇一二十下，然后摘下左方的耳机，嘴对着当中的小喇叭说话、叫号。这样笨重的电话机,现在恐怕只有博物馆里才得一见了。外边打电话进来,铃声一响,举家惊慌奔走相告,有的人还不敢去接听,不知怕的是什么。

从前的人脑筋简单,觉得和老远老远的人说话一定要提高嗓门,生怕对方听不到,于是彼此对吼,力竭声嘶。他们不知道充分利用电话,没有想到电话里可以喁喁情语,可以娓娓闲聊,可以聊个把钟头,可以霸占线路旁若无人。我最近看见过一位用功的学生,一面伏案执笔,一面歪着脑袋把电话耳机夹在肩头上,口里不时的念念有词,原来是在和他的一位同学长期交谈,借收切磋之效。老一辈的人,常以为电话多少是属于奇淫技巧一类,并不过分欣赏,顶多打个电话到长发号叫几斤黄酒,或是打个电话到宝华春叫一只烧鸭子的时候,不能不承认那份方便。至若闲来没事找个人聊天,则串门子也好,上茶馆也好,对面晤谈,有说有笑,何必性急,玩弄那个洋玩意儿?

后来电话渐渐普遍,许多人家由"天棚鱼缸石榴树"一变而为"电灯电话自来水"的局面。虽说最近有一处擦皮鞋的摊子都有了电话,究竟这还是一项值得一提的设备,房屋招租广告就常常标明带有电话。广告下不必说明"门窗户壁俱全",因为那是题中应有之义,而电话则不然了。

尽管电话还不够普遍,但是在使用上已有泛滥成灾之势。我有一位朋友颇有科学头脑,他在临睡之前在电话机上做了手脚,外面打电话进来而铃不响,他可以安然的高枕而眠。我总觉得这有一点自私,自己随时打出去,而不许别人随时打进来。可是如果你好梦正酣,突被电话惊醒,大有可能是对方拨错了号码，这时候你能不气得七窍生烟吗？如果你在各种最不便起身接电话的时候，而电话铃响个不停，你是否会觉得十分扫兴、狼狈、忿怒？有人给电话机装个插头，用时插上，不用时拔下，日夜安宁，永绝后患。我问他："这样做，不怕误事么？"他说："误什么事？误谁的事？电话响，有如'夜猫子进宅'，大概没有好事。"他的话不是无理，可是我狠不下心这样做。如果人人都这样的壁垒森严，电话就根本失效，你打电话出去怕也没有人接。

电话号码拨错，小事一端，贤者不免，本无需懊恼，可恼的是对方时常是粗声粗气，一觉得话不对头，便呱嗒一声挂断，好像是一位病危的人突然断气，连一声"对不起"都没来得及说，这时节要我这方面轻轻把耳机放好我也感觉为难。

电话机有一定装置的地方，或墙上，或桌上，或床头。当然也有在厨房或洗手间装有分机的。无论如何，人总有距离电话十尺、二十尺开外的时候，铃响之后，即使几个箭步窜过去接，也需要几秒钟的时候。对方往往就不耐烦了，你刚拿起耳机，他已愤而断绝往来。有几个人能像一些机关大老雇得起专管接电话的女秘书？对方往往还理直气壮的责问下来，"为什么电话没有人接？"我需要诌出理由为自己的有亏职守勉强开脱。

电话打通，谁先报出姓名身份，没有关系，先道出姓名的一方不见得吃亏，偏偏有人喜欢捉迷藏。"喂，你是哪里？""你要哪里？""我要××××××号。""我这里就是。""×××在不在家？""你是哪一位？""我姓W。""大名呢？""我是×××。""好，你等一下。"这样枉费唇舌还算是干净利落的，很可能话不投机，一时肝火旺，演变成为小规模的口角。还有比这个更烦人的："喂，你猜我是谁？猜猜看！怎么连我的声音都听不出来？"对于这样童心未泯的戴着面具的人，只好忍耐，自承愚蠢。

电话不设防，谁都可以打进来。我有时不揣冒昧，竟敢盘诘对方的姓名身份，而得到的答话是："我是你的读者。"好像读者有权随时打电话给作者，好像作者应该有"售后服务"的精神。我追问他有何见教，回答往往是：某一个英文字应该怎样讲、怎样读、怎样用；某一句话应该怎样译；再不就是问英文怎样可以学好。这总是好学之士，我不敢怠慢，请他写封信来，我当书面答复。此后多半是音讯杳然，大概他是认为这是小事，不值得一操翰墨吧。

照 相

　　人的眼睛像一具照相机，不，应该说照相机略似人的眼睛。人的眼睛，眨巴眨巴的自动启闭，自动调整焦距，自动缩放光圈，自动分辨色光，一瞬间把眼前景物尽收眼底，而且不需计算曝光时间，不需冲洗，不需晒印，不需更换底片，印象长久保存在脑海里，随时可以在想象中涌现。照相机哪有这样方便？

　　但是照相机仍是一项了不起的发明。照相术可以把一些景象留在纸上，可以留待回忆，可以广为流传，实在是相当神妙，怪不得早先有人认为照相是洋鬼子的魔术，照相机是剜了死人的眼珠造成的，而且照相机底版上的人的映像是头朝下脚朝天，照一回相就要倒霉一次。

从前照相不是一件小事。谁家里大概都保有几张褪了色的迷迷糊糊的前辈照片，父母的、祖父母的、曾祖父母的。从前的喜神是请画师手绘的，多半是人咽了气之后就请画师来，揭开殓布着着实实的看几眼，把脸上特征牢记于心，回去慢慢细描，八九不离十。有了照相之后，就方便多了，照片上打了方格子，比照投影，照猫画虎，画出来神情毕肖。人老了，总要照几张相。照相之前必定盛装起来，袍褂齐整如见大宾，手里拿着半启的折扇，或是揉着两只铁球。如果夫人合照，则男左女右，各据太师椅一张，正襟危坐，一个是双腿八字开，一个是两腿齐并拢，中间小茶几一个，上置水烟袋、盖碗茶，前面一定有一只高大瓷痰桶，这是照相时必须摆出的标准架势。如果家里人丁旺，祖孙三代济济一堂，一幅合家欢是少不了的，二老坐当中，儿子、媳妇、孙男女按照辈分、年秩分列两旁，或是像兔儿爷摊子似的站在后排。有人忌讳照合家欢，说是照了之后该进祠堂的人可能很快的就进了祠堂；其实不照合家欢，结果也是一样，还是及时照了好。早先照相好像只是照相馆的事。杭州二我轩照的西湖十景和西湖一览的横幅，有许多人家挂在壁上作为卧游的对象，以为平添了什么"雷峰夕照""三潭印月""花港观鱼""平湖秋月"之类的点缀便增加几分风雅。北平廊房头条的容光照相馆门口，永远有两幅当今显要的全身放大照片，多半是全副戎装，肩头两大撮丝穗，胸前挂满各色勋章。照相馆不仅技术高，能把一副叱咤风云踌躇满志的神情拍摄出来，而且手脚快，能于一夕之间随着政潮起落更换门前时势英雄的玉照。

我父执辈有一位蒙古王公,因为雄于赀,以照相为消遣,开风气之先。风景人物一齐来。常是背着照相机拎着三脚架奔驰于玉泉山颐和园之间;意犹未足,在家里乘天气晴朗,关起屏门,呼妻唤妾,小院里春光荡漾,一一收入镜头,甚至招来男女演员裸体征逐,拍摄所得细腻处,胜过仇十洲的春宫秘戏。后来这位先生患了丹毒,浑身浮肿,头大如斗,化为一摊脓血而亡,有人说他照相伤了阴德。

我在二十二岁开始玩照相。第一架柯达克,长方形厚厚的一个匣子,打开匣子就自动拉出打褶的箱身,软片一搭子十二张,用一张抽一张,虽然简陋,比照相师把头蒙在黑布下装玻璃板要方便多了。后来添置了三脚架、自动计时器,调整好光圈、距离、按下快门之后,三步并做两步的走到对面,咔啦一声,把自己照进去了,好得意。照相而不能自己洗晒,究竟不能十分满足,可是看了人家躲在厕所里遮上窗户用自制的一盏红灯埋头冲洗,闷出一头大汗,洗出来未必像样,那份洋罪我不想受。照相机日新月异,看样子永远赶不上潮流,新器材的发明永无终止,谁愿意投资于无底洞,于是我把照相这一桩嗜好刚要形成的时候就戒掉了。如今视力茫茫,两手微颤,想再重拾旧趣亦不可得。若是有人要给我照相,只要不嫌老丑,我是来者不拒,而且不需特别要求,不需请我说一声 Squeeze,我会不吝报以微笑。印出来送我一张,多谢盛情,不送也无妨,可能是根本没有洗出来。

很多做父母的非常钟爱他们的孩子,孩子尚在襁褓,就要给他照相留念,然后每满周岁再照一张,说是给孩子生长过程留下一点痕迹，以为他日追忆过去之资，实则是父母满足他们自己钟爱之情。看着自己的骨肉幼苗逐年茁大，自有一种不可言说的快感。孩子长大成人，男婚女嫁，自成一个单位，对于过去并不怎样眷恋，关心的是他的配偶、自己的儿女，感兴趣的是他自己的下一代。我曾亲见一个孩子长大，授室前夕，他的母亲把他从小到大的照片簿交付给他，他说："你留着自己观赏吧，我不想要。"他的母亲好伤心。

结婚照大概是人人都很珍视的，尤其是新娘子的照相，事前上装、美容、做发，然后经照相师的左摆布右摆布，非把观礼的亲友等得望穿秋水、神黯心焦不能露面。慢工出细活，结婚照相当然是俊俏美观，当事人看了洋洋得意，乐不可支，必定要彩色放大，供在案头、悬在壁上，——"美的东西是永久的快乐"。乐还要别人分享，才能大乐特乐，于是加印多张，到处投赠，希望别人惠存留念。但是据我所知，凡是以结婚照片赠人者，那些美丽的照片之短期内的归宿大概是——字纸篓。

胖

罗马的恺撒大帝,看见那面如削瓜的卡西乌斯,偷偷摸摸的,神头鬼脸的,逡巡而去,便太息说:"我愿在我面前盘旋的都是些胖子;头发梳得光光的,到夜晚睡得着觉的人,那个卡西乌斯有削瘦而恶狠的样子;他心眼儿太多了,这种人是危险的。"这是文学上有名的对于胖子的歌颂。和胖子在一起,好像是安全,软和和的,碰一下也不要紧;和瘦子在一起便有不同的感觉,看那瘦骨嶙峋的样子,好像是磕碰不得,如果碰上去,硬碰硬,彼此都不好受。恺撒大帝的性命与事业,到头来败于卡西乌斯之手,这几句话倒好像是有先见之明。

胖子大部分脾气好,这其间并无因果关系。胖子之所以胖,一定是吃得饱睡得着之故。胖子一定好吃,不好吃如何能

"催肥"？胖子从来没有在床上辗转反侧的，纵然意欲胡思乱想也没有时间，头一着枕便鼾声大作了。所谓"心广体胖"，应该说，心广则万事不挂心头，则吃得饱，则睡得着，则体胖，同时脾气好。

胖子也有心眼窄的。我就认识一位胖子，很胖的胖子，人皆以"胖子"呼之，他虽不正式承认，但有时一呼即应，显然是默认的。"胖子"的称呼并不是侮辱的性质，多少带有一点亲热欢喜微加一点调侃的意味。我们对盲者不好称之为瞎子，对跛者不好称之为"瘸子"，对瘦者亦不好称之为"排骨"，唯独对胖子则不妨直截了当的称之为胖子，普通的胖子均不以为忤。有一天我和我的很胖的胖子朋友说："你的照片有商业价值，可以作广告用。"他说："给什么东西作广告呢？"我说："婴儿自己药片。"他怫然色变，从此很少理我。

年事渐长的人，工作日繁，而运动愈少，于是身体上便开始囤积脂肪，而腹部自然的要渐渐呈锅形。腰带上的针孔便要嫌其不敷用。终日鼓腹而游，才一走动便气咻咻。然对于这样的人我渐渐的抱有同情了。一个人随身永远携带着一二十斤板油，负担当然不小，天热时要融化，天冷时怕凝冻，实在很苦。若遇到饥荒的年头，当然是瘦子先饿死，胖子身上的脂肪可以发挥驼峰的作用慢慢的消受，不过正常的人也未必就有这种饥荒心理。

胖瘦与妍媸有关，尤其是女人们一到中年便要发福，最需要加以调理，或用饿饭法，尽量少吃，或用压缩法，用钢条橡皮制成的腰箍，加以坚韧的绳子细细的绷捆，仿佛做素火腿的方法，硬把浮膘压紧。有人满地打滚，翻筋斗，竖蜻蜓，虾米弯腰，鲤鱼打挺，企求减削一点体重。男人们比较放肆一些，传统的看法还以为胖不是毛病。《世说新语》记载的王羲之坦腹东床的故事，虽未说明王逸少的腹围尺码，我想凡是值得一坦的肚子大概不会太小，总不会是稀松干瘪的。

听说南部有报纸副刊记载我买皮带系腰的故事。颇劳一些友人以此见询。在台湾买皮带确是相当困难，我在原有皮带长度不敷应用的时候想再买一根颇不易得，不知道是否由于这地方太阳晒得太凶，体内水分挥发太快的缘故，本地的胖子似乎比较少见。我尚不够跻于胖子之林，但因为我向不会做诗，"饭颗山头遇杜甫"的情形是决不会有的，而且周伯仁"清虚日来滓秽日去"的功夫也还没有做到，所以竟为一根皮带而感到困惑，倒是确有其事。不过情势尚不能算为恶劣。像孚尔斯塔夫那样，自从青春以后就没有看见过自己的脚趾，一跌倒就需要起重机，我一向是引为鉴戒的。

廉

贪污的事,古今中外滔滔皆是,不谈也罢。孟子所说穷不苟求的"廉士"才是难能可贵,谈起来令人齿颊留芬。

东汉杨震,暮夜有人馈送十斤黄金,送金的人说:"暮夜无人知。"杨震说:"天知、神知、我知、子知,何谓无知?"这句话万古流传,直到晚近许多姓杨的人家常榜门楣曰"四知堂杨"。清介廉洁的"关西夫子"使得他家族后代脸上有光。

汉末有一位郁林太守陆绩(唐陆龟蒙的远祖),罢官之后泛海归姑苏家乡,两袖清风,别无长物,惟一空舟,恐有覆舟之虞,乃载一巨石镇之。到了家乡,将巨石弃置城门外,日久埋没土中。直到明朝弘治年间,当地有司曳之出土,建亭覆之,题其楣曰"廉石"。一个人居官清廉,一块顽石也得到了美誉。

"银子是白的,眼珠是黑的",见钱而不眼开,谈何容易。一时心里把握不定,手痒难熬,就有堕入贪墨的泥沼之可能;这时节最好有人能拉他一把。最能使人顽廉懦立的莫过于贤妻良母。《列女传》:田稷子相齐,受下吏货金百镒,献给母亲。母亲说:"子为相三年,禄未尝多若此也。安所得此?"他只好承认是得之于下。母亲告诫他说:"士修身洁行,不为苟得。非义之事不计于心,非理之利不入于家……不义之财非吾有也,不孝之子非吾子也。"这一番义正词严的训话把田稷子说得惭愧不已,急忙把金送还原主。按照我们现下的法律,如果是贿金,收受之后纵然送还,仍有受贿之嫌,纵然没有期约的情事,仍属有玷官箴。这种簠簋不修之事,当年是否构成罪状,固不得而知,从廉白之士看来总是秽行。我们注意的是田稷子的母亲真是识达大义,足以风世。为相三年,薪俸是有限的,焉有多金可以奉母?百镒不是小数,一镒就是二十四两,百镒就是二千四百两,一个人搬都搬不动,而田稷子的母亲不为所动。家有贤妻,则士能安贫守正,更是例不胜举,可怜的是那些室无莱妇的人,在外界的诱惑与阃内的要求两路夹击之下,就很容易失足了。

取不伤廉这句话易滋误解,一芥不取才是最高理想。晋陶侃"少为寻阳县吏,尝监鱼梁,以一坩鲊遗母,湛氏封鲊,反书责侃曰:'尔为吏,以官物遗我,非惟不能益吾,乃以增吾忧矣。'"(《晋书·陶侃母湛氏》)掌管鱼梁的小吏,因职务上的方便,把腌鱼装了一小瓦罐送给母亲吃,可以说是孝养之意,但是湛氏不受,送还给他,附带着还训了他一顿。别看一罐腌

梦想有片菜园就在家的旁边 自种自产自用 多余还能卖钱 丙申秋老树制花开记

鱼是小事，因小可以见大。

谢承《后汉书》："巴祇为扬州刺史，与客暗饮，不燃官烛。"私人宴客，不用公家的膏火，宁可暗饮，其饮宴之赀，当然不会由公家报销了。因此我想起一件事：好久好久以前，丧乱中值某夫人于途，寒暄之余愀然告曰，"恕我们现在不能邀饮，因为中外合作的机关凡有应酬均需自掏腰包。"我闻之悚然。

还有一段有关官烛的故事。宋周紫芝《竹坡诗话》："李京兆诸父中有一人，极廉介，一日有家问，即令灭官烛，取私烛阅书，阅毕，命秉官烛如初。"公私分明到了这个地步，好像有一些迂阔。但是，"彼岂乐于迂阔者哉！"

不要以为志行高洁的人都是属于古代，今之古人有时亦可复见。我有一位同学供职某部，兼理该部刊物编辑，有关编务必须使用的信纸信封及邮票等等放在一处，私人使用之信函邮票另置一处，公私绝对分开，虽邮票信笺之微，亦不含混，其立身行事确砥砺廉隅有如是者！尝对我说，每获友人来书，率皆使公家信纸信封，心窃耻之，故虽细行不敢不勉。吾闻之肃然起敬。

第二辑

让

初到西方旅游的人，在市区中比较交通不繁的十字路口，看到并无红绿灯指挥车辆，路边常竖起一个牌示，大书 Yield 一个字，其义为"让"，觉得奇怪。等到他看见往来车辆的驾驶人，一见这个牌示，好像是面对纶绋一般，真个的把车停了下来，左顾右盼，直到可以通行无阻的时候才把车直驶过去。有时候路上根本并无车辆横过，但是驾驶人仍然照常停车。有时候有行人穿越，不分老少妇孺，他也一律停车，乖乖的先让行人通过。有时候路口不是十字，而是五六条路的交叉路口，则高悬一盏闪光警灯，各路车辆到此一律停车，先到的先走，后到的后走。这种情形相当普遍，他更觉得奇怪了，难道真是礼失而求诸野？

据说"让"本是我们"固有道德"的一个项目，谁都知道孔融让梨王泰推枣的故事。《左传》老早就有这样的嘉言："让，德之主也。"（《昭·十》）"让，礼之主也。"（《襄·十三》）。《魏书》卷二十记载着东夷弁辰国的风俗："其俗，行者相逢，皆住让路。"当初避秦流亡海外的人还懂得"行者相逢皆住让路"的道理，所以史官秉笔特别标出，表示礼让乃泱泱大国的流风遗韵，远至海外，犹堪称述。我们抛掷一根肉骨头于群犬之间，我们可以料想到将要发生什么情况。人为万物之灵，当不至于狼奔豕窜的攘臂争先的夺取一根骨头。但是人之异于禽兽者几希，从日常生活中，我们可以窥察到懂得克己复礼的道理的人毕竟不太多。

在上下班交通繁忙的时刻，不妨到十字路口伫立片刻，你会看到形形色色的车辆，有若风驰电掣，目不暇给。从前形容交通频繁为车水马龙，如今马不易见，车亦不似流水，直似迅濑哮吼，惊波飞薄。尤其是一溜臭烟噼噼啪啪呼啸而过的成群机车，左旋右转，见缝就钻，比电视广告上的什么狼什么豹的还要声势浩大。如果车辆遇上红灯摆长队，就有性急的骑机车的拼命三郎鱼贯窜上红砖道，舍正路而弗由，抄捷径以赶路，红砖道上的行人吓得心惊胆战。十字路口附近不是没有交通警察，他偶尔也在红砖道上踯躅，机车骑士也偶尔被拦截，但是刚刚拦住一个，十个八个又飕的飞驰过去了。不要以为那些骑士都是汲汲的要赶赴死亡约会，他们只是想省时间，所以不肯排队，红砖道空着可惜，所以权为假道之计。骑车的人也许是贪睡懒觉，急着要去打卡，也许有什么性命交关的事耽误不得,行人只好让路。行人最懂得让,让车横冲直撞,不敢怨更不敢言,车不让人人让车,我们的路上行人维持了我们传统的礼让。什么时候才能人不让车车让人,只好留待高谈中西文化的先生们去研究了。

大厦七层以上,即有电梯。按常理,电梯停住应该让要出来的人先出来,然后要进去的人再进去,和公共汽车的上下一样。但是我经常看见一些野性未驯的孩子,长头发的恶少,以及绅士型的男士和时装少妇,一见电梯门启,便疯狂的往里挤,把里面要出来的人憋得唧唧叫。公共场所如电影院的电梯门前总是拥挤着一大群万物之灵,谁也不肯遵守先来后到的顺序而退让一步。

有人说,我们地窄人稠,所以处处显得乱哄哄。例如任何一个邮政支局,柜台里面是桌子挤桌子,柜台外面是人挤人,尤其是邮储部门人潮汹涌,没有地方从容排队,只好由存款簿图章在柜台上排队。可见大家还是知道礼让的,只是人口密度太高,无法保持秩序。其实不然,无论地方多么小,总可以安排下一个单行纵队,队可以无限伸长,伸到街上去,可以转弯,可以队首不见队尾,循序向前挪移,岂不甚好?何必存款簿图章排队而大家又在柜台前挤作一团?说穿了还是争先恐后,不肯让。

小的地方肯让,大的地方才会与人无争。争先是本能,一切动物皆不能免;让是美德,是文明进化培养出来的习惯。孔子曰:"当仁不让于师。"只有当仁的时候才可以不让,此外则一定当以谦让为宜。

守时

《史记·卷五十五·留侯世家》，记载圯上老人授书张良的故事，甚为生动："从五日平明，与我会此。"良因怪之，跪曰："诺。"五日平明，良往，父已先至，怒曰："与老人期，何后也？"去曰："后五日早会。"五日鸡鸣，良往，父又先在，复怒曰："后何也？"去曰："后五日复早来。"五日良夜未半往。有顷，父亦来，喜曰："当如是。"

老人与良约会三次。第一次平明为期，平明就是天刚亮，语义相当含糊，天亮到什么程度才算是平明，本难确定。"东方未明"是一阶段，"东方未晞"又是一阶段，等到东方天际泛鱼肚色则又是一阶段。良平明往，未落日出之后，就不算是迟到。老人发什么脾气？说什么"与老人期"之倚老卖老的话？

第二次约，时间更不明确，只说早一点去。良鸡鸣往，"鸡既鸣矣"就是天明以前的一刹那，事实上已经提早到达，还嫌太晚。第三次良夜未半往，夜未半即是午夜以前，这一次才满老人意。既然如此，为什么不早明说？虽然这是老人有意测验年轻人的耐性，但也不必这样蛮不讲理的折磨人。有人问我，假如遇见这样的一个老人作何感想，我说我愿效禅师的说法："大喝一声，一棒打杀！"

黄石公的故事是神话。不过守时却是古往今来文明社会共有的一个重要的道德信念。远古的时候问题简单，日出而作，日入而息，根本没有精确的时间观念，而且人与人要约的事恐怕也不太多。《易系辞》所谓"日中为市，致天下之民，聚天下之货，交易而退，各得其所"，不失为大家在时间上共立的一个标准，晚近的庙会市集，也还各有其约定俗成的时期规格。自从有了漏刻，分昼夜为百刻，一天之内才算有正确时间可资遵循。周有挈壶氏，自唐至清有挈壶正，是专管时间的官员。沙漏较晚，制在元朝。到了近年，也还有放午炮之说。现代的准确计时之器，如钟表之类，则是明季的舶来品，"明万历二十八年，大西洋人利玛窦来献自鸣钟。"（《续通考·乐考》）嗣后自鸣钟在国内就大行其道。我小时候在三贝子花园畅观楼内，尚及见清朝洋人所贡各式各样的自鸣钟，金光灿烂，洋洋大观。在民间几乎家家案上正中央都有一架自鸣钟，用一把钥匙上弦，昼夜按时刻叮叮当当的响。外国人家墙上常见的鹧鸪钟，一只小鸟从一个小门跳出来报时，在国内尚比较少见。好像我们老一辈的中国人特别喜爱钟表，除了背心上特缝好几个小衣袋专放怀表之外，比较富裕人家墙上还常有一个硬木螺钿玻璃门的表柜，里面挂着二三十只形形色色的表，金的、银的、景泰蓝的、闷壳的甚至背面壳里藏有活动秘戏图的，非如此不足以餍其收藏癖。至于如今的手表（实际是腕表）则高官大贾以至贩夫走卒无不备有一只了。

普遍的有了计时的工具，若是大家不知守时，又有何用？普通的衙门机关之类都订有办公时间，假如说是八点开始，到时候去看看，就会知道那是怎么一回事。大抵较低级的人员比较最守时，虽然其中难免有几位忙着在办事桌上吃豆浆油条。首长及高级人员大概就姗姗来迟了，他们还有一套理由，只有到了十点左右办稿拟稿逐层旅行的公文才能到达他们手里，早去了没有用。至于下班的时间，则大家多半知道守时，眼巴巴的望着时钟，谁也不甘落后。

和民众接触最频繁的莫过于银行邮局，可是在门前逡巡好久，进门烧头炷香的顾客不见得立刻就能受理，往往还要伫候一阵子，因为柜台后面的先生小姐可能很忙，忙着打开保险柜，忙着搬运文件，忙着清理卡片，忙着数钞票，忙着调整戳印，甚至于忙着泡茶，在在都需要时间。顾客们要少安毋躁。

朋友宴客，有一两位照例迟到，一碟瓜子大家都快嗑完了，主人急得团团转，而那一两位客偏不来。按说"后至者诛"才是正理，但是后至者往往正是主客或是贵宾，所以必须虚上席以待。旧日戏园演戏，只有两盏汽油灯为照明之具，等到名角出台亮相，则几十盏电灯一齐照耀，声势非凡。有迟到之癖的客人大概是以名角自居，迟到之后不觉得歉然，反倒有得色。而迟到的人可能还要早退，表示另有一处要应酬，也许只是虚晃一招，实际是回家吃碗蛋炒饭。

要守时，但不一定要分秒不差，那就是苛求了，但也不能距约定时间太远。甲欲访乙，先打电话过去商洽，这是很有礼貌的行为，甲问什么时候驾临，乙说马上就去。问题就出在这"马上"二字，甲忘了叮问是什么马，是"竹披双耳峻，风入四蹄轻"的胡马，还是"皮干剥落，毛暗萧条"的瘦马，是练习纵跃用的木马，还是渡过了康王的泥马。和人要约，害得对方久等，揆诸时间即生命之说，岂是轻轻一声抱歉所能赎其罪愆？

守时不是容易事，要精神总动员。要不要先整其衣冠，要不要携带什么，要不要预计途中有多少红灯，都要通过大脑盘算一下。迟到固然不好，早到亦非万全之策，早到给自己找烦恼，有时候也给别人以不必要的窘。黄石公那段故事是例外，不足为训。记得莎士比亚有一句戏词："赴情人约，永远是早到。"情人一心一意的在对方身上，不肯有分秒的延误，同时又怕对方忍受枯守之苦，所以"月上柳梢头，人约黄昏后"，老早的就去等着，"月移花影动，疑是玉人来"了。

我们能不能推爱及于一切邀约，大家都守时？

对联

我们中国字不是拼音的,一个字一个音,没有词类形式的变化,所以特宜于制作对联,长联也好,短联也好,上下联字字对仗,而且平仄谐调,读起来自有节奏,看上去整整齐齐。外国的拼音文字便不可能有这种方便。我服务过的一个学校,礼堂门口有一副对联:"养天地正气,法古今完人。"写作俱佳,有人问我如何译成英文。我说,只可译出大意,无法译成联语。外文修辞也有所谓对仗(antithesis),也只是在句法上作骈列的安排,谈不到对仗之工与音调之美。我们的对联可以点缀湖山胜迹,可以装潢寓邸门庭,是我们独有的一种艺术品。

楹联佳制,所在多有。但是给人印象深刻者,各人所遇不同。北平人文荟萃之区,好的门联并不多觏。宫阙官衙照例没有门联，因为已有一番气象，容不得文字点缀。天安门前只可矗立华表或是擎露盘之类，不可以配制门联，也不可以悬挂任何文字的牌语。平民老百姓的家宅才讲究门联，越是小门小户的人家越不会缺少一副门联。王公贝子的府邸门前只列有打死人不偿命的红漆木头棍子。

我的北平故居大门上一联是最平凡的一副："忠厚传家久，诗书继世长。"可是我近年来越想越觉得其意义并不平凡，而且是甚为崇高。这不是夸耀门楣，以忠厚诗书自许，而是表示一种期望，在人品上有什么比忠厚更为高尚？在修养上有什么比诗书更为优美？有人把"久""长"二字删去，成为"忠厚传家，诗书继世"的四言联，这意思更好，只求忠厚宅心，儒雅为业，至于是否泽远流长就不必问。常看到另一副门联："国恩家庆，人寿年丰。"是善颂善祷的意思，不过有时候想想流离丧乱四海困穷的样子，这又像是一种讽刺了。有一人家门口一副对联："敢云大隐藏人海，且耐清贫读我书。"有一点酸溜溜的，但是很有味，不知里面住的是怎样的一位高人。

春联最没有意思，据说春联始自明太祖。"帝都金陵，除夕传旨，公卿士庶家，门上须加春联一副。"仓促之间，奉命制联，还能有好的作品？晚近只有蓬户瓮牖之家，才热衷于贴春联。给颓垣垩室平添一些春色，也未尝不可。曾见岁寒之日，北风凛冽，有一些缩头缩脑的人在路边当众挥毫，甚至有髫龄卯齿的小朋友也蹲在凳子上呵冻作书，引得路人聚观，无非是为博得一些笔墨之资，稍裕年景而已。春联的词句，不外一些吉祥颂祷之语，即使搬出杜甫的句子如"楼阁烟云里，山河锦绣中"，或孟浩然的句子如"咸歌太平日，共乐建寅春"，仍然不免于俗。如果怀有才气，当然可以自制春联，不过对仗要工、平仄要调，并不是上下联语字数相同即可充数。

幼时，检家中旧箧，得墨拓杨继盛书对联一副："铁肩担道义，辣手著文章。"杨继盛，字椒山，明嘉靖进士，官吏部员外郎，是一位鲠直的正人君子，曾劾严嵩五奸十大罪，被构陷下狱，终弃市。我看了那副对联，字如其人，风骨凛然，令人肃然起敬，遂付装池，悬我壁上。听说椒山先生寓邸在北平西城某胡同（丰盛胡同?）改为祠堂，此联石刻即藏祠堂内，可惜我没有去瞻仰。担道义即是不计利害的主持正义，杀身成仁舍生取义，椒山先生当之无愧。所谓辣手著文章，我想不是指绍兴师爷式的刀笔，没有正义感而一味的尖酸刻薄是不足为训的。所谓辣手应是指犀利而扼要的文笔。这一副对联现在已不知去向，但是无形中长是我的座右铭。

稍长，在一本珂罗版影印的楹联集里，看到一副联语"平生感意气，少小爱文辞"。是什么人写的，记不得了。这两句诗是杜甫《移居公安县赠卫大郎》里的句子，我十分喜爱。这两句是称赞卫大郎的话，仇注"感其平时意气，如江海之流易合，又爱其少而能文，知风云之会有期"。卫大郎能当得起这样的夸赞，真是"不易得"的人物了。我一时心喜，仿其笔意写成五尺对联，笔弱墨浊，一无是处，不料墨渖未干，有最相知的好友掩至，谬加赞赏，携之而去。经付装池，好像略有起色，竟悬诸伊之客室，我见之不胜愧汗，如今灰飞云散人琴俱渺矣！

一九三一年夏，与杨今甫赵太侔闻一多黄任初诸君子公出济南，偷闲游大明湖。泛小舟，穿行芰荷菱芡间，至历下亭舍舟登陆。仰首一看，小亭翼然，榜书一联"海右此亭古，济南名士多。"这是杜甫于天宝四年陪李北海宴历下亭诗里的两句，亭为胜迹，座有佳宾，故云。大凡名胜之地必有可观，若有前贤履迹点缀其间，则尤足为湖山生色。当时我的感触很深，"云山发兴""玉佩当歌"的情景如在目前，此一联语乃永不能忘。

西湖的楹联太多了，我印象深的只有两个。一个是岳坟的一副："青山有幸埋忠骨，白铁无辜铸佞臣。"自古忠奸之辨，一向严明。坟前一对跪着的铁像，一个是秦桧，一个是裸着上身的其妻王氏，游人至此照例是对着秦桧以小便浇淋，否则便是吐痰一口，臭气熏天，对王氏则争扪其乳，扪得白铁乳头发光。我每谒岳坟，辄掩鼻而过，真有"白铁无辜"之叹。白铁铸成佞臣，倒也罢了，铸成佞臣之后所受的侮辱，未免冤枉。西湖另一副难忘的对联是"万顷湖平长似镜，四时月好最宜秋"。联在平湖秋月，把平湖秋月四个字嵌入联中，虽然位置参差，但是十分自然。我因为特别喜欢西湖的这一景，遂连带着也忘不了这一副对联。

图　章

印章篆刻是我们中国特有的一种艺术。从春秋战国时起，到如今有两千多年的历史。最初只是一种凭信的记号，后来则于做凭信记号之外兼为一种艺术。

外国不是没有图章。英国不是也有所谓掌玺大臣么？他们的国王有御玺，有大印，和我们从前帝王之有玉玺没有两样。秦始皇就有螭虎纽六玺。不过外国没有我们一套严明的制度，我们旧制是帝王用者曰玺曰宝，官吏曰印，秩卑者曰钤记，非永久性的机关曰关防，秩序井然。讲到私人印信，则纯然是我们的国粹。外国人只凭签字，没有图章。我们则几乎没有一个人没有图章。签支票、立合同、掣收据、报户口、填结婚证书、申报所得税，以至于收受挂号信件包裹，无一不需盖章。在许多情况中，凭身份证验明正身都不济事，非盖图章不可。刻一个图章，还不容易？到处有刻字匠，随时可以刻一个。从前我在北平，见过邮局门口常有一个刻字摊，专刻急就章，用硬豆腐干一块，奏刀刻画，顷刻而成，钤盖上去也是朱色烂然，完全符合邮局签字盖章的要求。

我有一位朋友，他很有自知之明，他知道一颗图章早晚有失落之虞，或是收藏太好而忘记收藏之所，所以他坚决不肯使用图章，尤其是在银行开户，他签发支票但凭签字。他的签字式也真别致，很难让人模仿得像。但是天有不测风云，他突然患了帕金森症，浑身到处打哆嗦，尤其是人生最常使用的手指头，拿不住筷子，捧不稳饭碗，摸不着电铃，看不准插头，如何能够执笔在支票上签字？勉强签字如鬼画符，银行核对下来不承认。后来几经交涉，经过好多保证才算把款提了出来，这时候才知道有时候签字不如盖章。

有些外国人颇为羡慕我们中国人的私章，觉得小小的一块石头刻上自己的名姓，或阴或阳，或篆或籀，或铁线或九叠，都怪有趣的。抗战时期，闻一多在昆明，以篆刻图章为副业，当时过境的美军不少，常有人登门造访，请求他的铁笔。他照例先给他起一个中国姓名，讲给他听，那几个中国字既是谐音，又有吉祥高雅的涵义，他已经乐不可支，然后约期取件，当然是按润例计酬。雕虫小技，却也不轻松，视石之大小软硬而用指力、腕力或臂力，积年累月的捏着一把小刀，伏在案上于方寸之地纵横排奡，势必至于两眼昏花，肩耸背驼，手指磨损。对于他，篆刻已不复是文人雅事，而是谋生苦事了。

在字画上盖章，能使得一幅以墨色或青绿为主的作品，由于朱色印泥的衬托，而格外生动，有画龙点睛之妙。据说这种做法以酷爱字画的唐太宗为始，他有自书"贞观"二字的联珠印，嗣后唐代内府所藏的精品就常有"开元""集贤"等等的钤记。宋赵孟頫是篆刻的大家，开创了文人篆刻的先河，至元代而达到全盛时期。收藏家或鉴赏家在字画名迹上盖个图章原不是什么坏事，不过一幅完美的作品若是被别人在空白处盖上了密密麻麻的大小印章，却是大煞风景。最讨厌的是清朝的皇帝，动辄于御题之外加盖什么"御览之宝"的大章，好像非如此不足以表示其占有欲的满足。最迂阔的是一些藏书印，如"子孙益之守勿失""子孙永以为好""子子孙孙永无鬻"之类，我们只能说其情可悯，其愚不可及。

明清以降，文人雅士篆刻之风大行，流落于市面的所谓闲章常有奇趣，或摘取诗句，或引用典实，或直写胸臆。有时候还可于无意中遇到石质特佳的印章，近似旧坑田黄之类。先君嗜爱金石篆刻，积有印章很多，丧乱中我仅携出数方，除"饱蠹楼藏书印"之外尽属闲章。有一块长方形寿山石，刻诗一联"鹭拳沙岸雪，蝉翼柳塘风"，不知是谁的句子，也不知何人所镌，我觉得对仗工，意境雅，书法是阳文玉筋小篆尤为佳妙，我就喜欢它，有一角微缺，更增其古朴之趣。还有一块白文"春韭秋菘"，我曾盖在一幅画上，后来这幅画被一外国人收购，要我解释这印章文字的意义，我当时很为难，照字面翻译当然容易，说明典故却费周折。南齐的周颙家清贫，"文惠太子问颙：'菜何味胜？'颙曰：'春初早韭，秋末晚菘。'"春韭秋菘代表的是清贫之士的人品之清高。早韭嫩，晚菘肥，菜蔬之美岂是吃牛排吃汉堡面包的人所能领略？安贫乐道的精神之可贵更难于用三言两语向唯功利是图的人解释清楚的了。我还有两颗小图章，一个是"读书乐"，一个是"学古人"。生而知之的人，不必读书。英国复辟时代戏剧作家万布鲁（Vanbrugh）有一部喜剧《旧病复发》（The Relapse），其中的一位花花公子说过一句翻案的名言："读书即是拿别人绞出的脑汁来自娱。我觉得有身份的人应该以自己的思想为乐。"不读他人的书，自己的见解又将安附？恐怕最知道读书乐的人是困而后学的人。学古人，也不是因为他们古，是因为从古人那里可以看到人性之尊严的写照，恰如波普（Pope）在他的《批评论》所说：

Learn hence for ancient rules a just esteem：
To copy Nature is to copy them.
所以对古人的规律要有一份尊敬，
揣摩古人的规律即是揣摩人性。

这两颗小图章给了我很大的启发，教我读书，教我做人。最近一位朋友送我两颗印章，一是仿汉印，龟纽，文曰："东阳太守"，令我想起杜诗所谓"除道哂要章"，太守的要章（佩在身上的腰章）大概就是这个样子了。另一是阳文圆印，文曰："深心托豪素"，这是颜延之的诗，"向秀甘淡薄，深心托豪素"，向秀是晋人，清悟有远识，好老庄之学，与山涛嵇康等善，一代高人。这一颗印，与春韭秋菘有同样淡远的趣味。

一出版家与人诟谇，对方曰："汝何人，一书贾耳！"这位出版家大恚，言于余。我告诉他，可玩味者唯一"耳"字，我并且对他说辞官一身轻的郑板桥当初有一颗图章"七品官耳"，那个"耳"字非常传神。我建议他不必生气，大可刻一个图章"一书贾耳"。当即自告奋勇，为他写好印文，自以为分朱布白，大致尚可，惟不知他有无郑板桥那样的洒脱肯镌刻这样的一个图章，我没启追问。

钱

钱这个东西，不可说，不可说。一说起阿堵物，就显着俗。其实钱本身是有用的东西，无所谓俗。或形如契刀，或外圆而孔方，样子都不难看。若是带有斑斑绿锈，就更古朴可爱。稍晚的"交子""钞引"以至于近代的纸币，也无不力求精美雅观，何俗之有？钱财的进出取舍之间诚然大有道理，不过贪者自贪，廉者自廉，关键在于人，与钱本身无涉。像和峤那样的爱钱如命，只可说是钱癖，不能斥之曰俗；像石崇那样的挥金似土，只可说是奢汰，不能算得上雅。俗也好，雅也好，事在人为，钱无雅俗可辨。

有人喜集邮，也有人喜集火柴盒，也有人喜集戏报子，也有人喜集鼻烟壶，也有人喜集砚、集墨、集字画古董，甚至集眼镜、集围裙、集三角裤。各有所好，没有什么道理可讲。但是古今中外几乎人人都喜欢收集的却是通货。钱不嫌多，愈多愈好。庄子曰："钱财不积，则贪者忧。"岂止贪者忧？不贪的人也一样的想积财。

人在小的时候都玩过扑满，这玩意儿历史悠久。《西青杂记》："扑满者，以土为器，以蓄钱，有入窍而无出窍，满则扑之。"北平叫卖小贩，有喊"小盆儿小罐儿"的，担子上就有大大小小的扑满，全是陶土烧成的，形状不雅，一碰就碎。虽然里面容不下多少钱，可是孩子们从小就知道储蓄的道理了。外国也有近似扑满的东西，不过通常不是颠扑得碎的，是用钥匙可以打开的，多半作猪形，名之为"猪银行"。不晓得为什么选择猪形，也许是取其大肚能容吧？

我们的平民大部分是穷苦的，靠天吃饭，就怕干旱水涝，所以养成一种饥荒心理，"常将有日思无日，莫待无时思有时。"储蓄的美德普遍存在于各阶层。我从前认识一位小学教员，别看她月薪只有区区三十余元，她省吃俭用，省俭到午餐常是一碗清汤挂面洒上几滴香油，二十年下来，她拥有两栋小房。（谁忍心说她是不劳而获的资产阶级？）我也知道一位人力车夫，劳其筋骨，为人作马牛，苦熬了半辈子，携带一笔小小的资财，回籍买田娶妻生子做了一个自耕的小地主。这些可敬的人，他们的钱是一文一文积攒起来的。而且他们常是量入为储，每有收入，不拘多寡，先扣一成两成作为储蓄，然后再安排支出。就这样，他们爬上了社会的阶梯。

"人无横财不富，马非夜草不肥。"话虽如此，横财逼人而来，不是人人唾手可得，也不是全然可以泰然接受的。"腰缠十万贯，骑鹤上扬州"，只是一厢情愿的想法，暴发之后，势难持久，君不见：显宦的孙子做了乞丐，巨商的儿子做了龟奴？及身而验的现世报，更是所在多有。钱财这个东西，真是难以捉摸，聚散无常。所以谚云："积财千万，不如薄技在身。"

钱多了就有麻烦，不知放在哪里好。枕头底下没有多少空间，破鞋窠里面也塞不进多少。眼看着财源滚滚，求田问舍怕招物议，多财善贾又怕风波，无可奈何只好送进银行。我在杂志上看到过一段趣谈：印第安人酋长某，平素聚敛不少，有一天背了一大口袋钞票存入银行，定期一年，期满之日他要求全部提出，行员把钞票一叠一叠的堆在柜台上，有如山积。酋长看了一下，徐曰："请再续存一年。"行员惊异，既要续存，何必提出？酋长说："不先提出，我怎么知道我的钱是否安然无恙的保存在这里？"这当然是笑话，不过我们从前也有金山银山之说，却是千真万确的。我们从前金融执牛耳的大部分是山西人，票庄掌柜的几乎一律是老西儿。据说他们家里就有金山银山。赚了金银运回老家，溶为液体，泼在内室地上，积年累月一勺一勺的泼上去，就成了一座座亮晶晶的金山银山。要用钱的时候凿下一块就行，不虞盗贼光顾。没亲眼见过金山银山的人，至少总见过冥衣铺用纸糊成的金童玉女金山银山吧？从前好像还没有近代恶性通货膨胀的怪事，然而如何维护既得的资财，也已经是颇费心机了。如今有些大户把钱弄到某些外国去，因为那里的银行有政府担保，没有倒闭之虞，而且还为存户保密，真是服务周到极了。

善居积的陶朱公，人人羡慕，但是看他变姓名游江湖，其心理恐怕有几分像是挟巨资逃往国外作寓公，离乡背井的，多少有一点不自在。所以一个人尽管贪财，不可无厌。无冻馁之忧，有安全之感，能罢手时且罢手，大可不必"人为财死"而后已，陶朱公还算是聪明的。

钱，要花出去，才发生作用。穷人手头不裕，为了住顾不得衣，为了衣顾不得食，为了食谈不到娱乐，有时候几个孩子同时需要买新鞋，会把父母急得冒冷汗！贫窭到这个地步，一个钱也不能妄用，只有牛衣对泣的分。小康之家用钱大有伸缩余地，最高明的是不求生活水准之全面提高，而在几点上稍稍突破，自得其乐。有人爱买书，有人爱买衣裳，有人爱度周末，各随所好。把钱集中用在一点上，便可比较容易适度满足自己的欲望。至于豪富之家，挥金如土，未必是福，穷奢极欲，乐极生悲，如果我们举例说明，则近似幸灾乐祸，不提也罢。纪元前五世纪雅典的泰蒙，享尽了人间的荣华富贵，也吃尽了世态炎凉的苦头，他最了解金钱的性质，他认识了金钱的本来面目，钱是人类的公娼！与其像泰蒙那样疯狂而死，不如早些疏散资财，做些有益之事，清清白白，赤裸裸来去无牵挂。

勤

勤,劳也。无论劳心劳力,竭尽所能黾勉从事,就叫做勤。各行各业,凡是勤奋不怠者必定有所成就,出人头地。即使是出家的和尚,息迹岩穴,徜徉于山水之间,勘破红尘,与世无争,他们也自有一番精进的功夫要做,于读经礼拜之外还要勤行善法不自放逸。且举两个实例:

一个是唐朝开元间的百丈怀海禅师,亲近马祖时得传心印,精勤不休。他制定了"百丈清规",他自己笃实奉行,"一日不作,一日不食。"一面修行,一面劳作。"出坡"的时候,他躬先领导以为表率。他到了暮年仍然照常操作,弟子们于心不忍,偷偷的把他的农作工具藏匿起来。禅师找不到工具,那一天没有工作,但是那一天他也就真个的没有吃东西。他的刻苦的精神感动了不少的人。

另一个是清初的以山水画著名的石豁和尚。请看他自题《溪山无尽图》："大凡天地生人,宜清勤自持,不可懒惰。若当得个懒字,便是懒汉,终无用处。……残衲住牛首山房,朝夕焚诵,稍余一刻,必登山选胜,一有所得,随笔作山水数幅或字一段,总之不放闲过。所谓静生动,动必作出一番事业。端教一个人立于天地间无愧。若忽忽不知,懒而不觉,何异草木?"人而不勤,无异草木,这句话沉痛极了。过饱食终日无所用心的生活,英文叫做 vegetate,义为过植物的生活。中外的想法不谋而合。

勤的反面是懒。早晨躺在床上睡懒觉,起得床来仍是懒洋洋的不事整洁,能拖到明天做的事今天不做,能推给别人做的事自己不做,不懂的事情不想懂,不会做的事不想学,无意把事情做得更好,无意把成果扩展得更多,耽好逸乐,四体不勤,念念不忘的是如何过周末如何度假期。这就是一个标准懒汉的写照。

恶劳好逸,人之常情。就因为这是人之常情,人才需要鞭策自己。勤能补拙,勤能损欲,这还是消极的说法,勤的积极意义是要人进德修业,不但不同于草木,也有异于禽兽,成为名副其实的万物之灵。

包装

佛要金装,人要衣装,货要包装。

我们的国货,在包装方面,常走极端;不是非常的考究精美,便是非常的简陋粗糙。

以文具来说,从前文人日常使用的墨,包装常很出色。除了论斤发售的普通墨之外,稍为好一点的墨或用漆盒,上题金字,或用锦匣,内有层层夹盖,下有铺棉绫垫,真像是"革匮十重,绨巾什袭"的样子,其中固然有些是贡品,但有些也只是属于平民馈赠的性质。至于名人字画之类,更是黄绢密裹,置于楠檀的匣柜之中,望之俨然。上选的印泥,所谓十珍印色,也无不有个小小的蓝花白瓷盒,往往再加上一个书函形的小锦盒,十分的乖巧。这些属于文人雅士,难怪包装也自脱俗。从前日常生活所需的货品，不足以语此。

从前包花生米，照例是用报纸；买油条，也照例是用一块报纸一裹；甚至买块豆腐，湿漉漉软趴趴的，也是用块报纸一托。废报纸的用处实在太广。记得在北平刑部街月盛斋，我看见一位雍容华贵的中年妇人进去买酱羊肉一大方，新出锅的，滴沥搭拉的，伙计用报纸一包了事，顾客请他多用两张报纸包裹，伙计怫然不悦。顾客说愿付钱买他两张报纸，伙计说："我们不卖报纸。"结果不欢而散。酱羊肉就是再好，在包装方面这样的不负责，恐怕也要令人裹足不前了。有一种红豆纸，也许比报纸略胜一筹，虽然是暗暗的血红色，摸上去疙瘩噜苏的。这种红豆纸，包盒子菜，卷作圆锥形，也包炸三角肉火烧。再就是草纸，名副其实的草纸，因为有时候上面还沾着好几朵蒲公英的花絮。这种草纸用处可大了，炒栗子、白糖、杂拌儿、鸡鸭蛋，凡是干果子铺杂货店发售的东西，什九都是用草纸包裹。包东西的草纸，用过之后还有用，比厕筹好得多。除了纸以外，菜叶子也派用场。刚出笼的包子，现宰的猪牛肉，都是用菜叶子或是什么芋头叶之类的东西包裹。菱角鸡头米什么的当然用荷叶了。

满汉细点，若是买上三五斤的大八件小八件之类送人，他们会给你装一个小木匣，薄木片勉强逗榫，上面有个抽拉而不顺溜的盖子，涂上一层红颜色，但是遮不住没有刨光的木头碴，那样子颇像"狗碰头"似的一具薄棺，状既不雅，捧起来沉甸甸。可是少买一点，打一个蒲包，情形就不同了。蒲包实在很巧妙，朴素但是不俗，早已被淘汰，可是我还很怀念它。

蒲是一种水草，诗经"其簌维何，维笋及蒲"，蒲叶用途多端，如蒲衣、蒲轮、蒲团、蒲鞭。蒲包，则是以蒲叶编织成疏疏的圆形网状，晒干压平待用。用时，在蒲网上铺一大张草纸，再敷一张绵纸，把点心摆在上面，然后像信封似的把蒲网连同草纸四角折起，用麻茎一捆，上面盖上一张红门票，既不压分量，样子也好看。连打糖锣儿的小儿玩物里，都有装小炸食的迷你蒲包儿。不知道现在大家为什么不再用蒲包了。

茶叶是我们内销外销的大宗货，可是包裹实在太差劲了。首先，内销的货不需要写上外国文字，外销的货不可以随便乱写洋泾浜的英文。早先的茶叶罐大部分使用的铅铁筒，并不严丝合缝；有时候又过于严丝合缝，若不是"两膀我有千钧力"还很不容易扭旋开。罐上通常印上一段广告，最后一句照例是"请尝试之方知余言不谬也"。一般而论，如今的茶叶罐的外表比从前好，但亦好不了多少，不论内销外销几乎一律加上英文字样，而且那英文不时的令人啼笑皆非。有人干脆大书 Best Tea 二字，在品尝之后只能说他是大言不惭。至于色彩，则我们最擅长的大红大绿五颜六色一齐堆了上去，管他调和不调和，刺不刺目，先来个热闹再说。有时候无端的画上一个额大如斗的南极老人，再不就是福禄寿三仙、刘海耍金钱。如果肯画上什么花开富贵、三羊开泰，那就算是近于艺术了。

日本人很善于包装，无论食品用品在包装方面常能给人以清新之感，色彩图案往往是极为淡雅，虽然他们的军人穷凶极恶，兽性十足；虽然他们的文官窜改史实，恬不知耻，他们在日常生活用品上所投下的艺术趣味之令人赞赏是无可争辩的。

日本并不以产茶名，但是他们的茶叶包装精巧美观。他们做的点心饼干之类并不味美，但是包装考究。他们一切物品的包装纸，都是经过精心设计的。该诅咒的我们诅咒，该赞赏的我们不能不赞赏。

有一位青年才俊海外归来讲学，我问他专攻的是哪一门学问，他说他专门研究的是香蕉的包装——如何使香蕉在运输中不至于腐烂得太快。我问他有何妙法，他说放弃传统的竹篓，改用特制的纸箱。他说得有理，确是一大改进，高明高明。

头发

  周口店的北京人,据考古学家所描绘,无分男女,都是长发鬈松,披到肩上,看上去也没有什么不好看,想来头毛太长的时候可能动作不大方便而已。不知道过了多少年,人才懂得把过长的头发挽起来,做个结,插一根簪,扣上一顶方巾,或是梳成一个髻。于是只有夷狄之人才被发左衽,只有佯狂的人才被发为奴,只有愤世的人才被发行吟,只有隐遁的人才被发入山。文明社会里一般正常的人好像都不披散着头发。

  按照身体发肤受之父母不敢毁伤的说法,头发是不可以剪断的。夷狄之人固然是披发文身,可是《左传·哀公十一年》谓:"吴发短。"《穀梁传·哀公十三年》谓:"吴,夷狄之国也,祝发文身。"祝发就是断发使短。自文明人观之,头发长了披散着固然不是,断发使短也不是。都不合乎标准。可见发式自古就是一件麻烦事,容易令人看着不顺眼。

把头发完全剃光,像秃鹫一般,在古时是一种刑法。《汉旧仪》:"秦制,凡有罪,男髡钳为城旦。"意为男子犯罪,就剃光头,颈上束一铁圈,罚做奴工。髡是罪刑,所以《易林》说:"刺、刖、髡、劓,人所贱弃。"自隋唐以后就没有这种刑法了,可是听说"红卫兵"对于所谓"成分"不佳的无辜之人也曾强行游街示众,并勒令剃"鸳鸯头",即剃掉头发的一半,怪模怪样,当然比全剃光更丑。

头发整理得美观,给人良好的印象。《诗经·齐风·卢令》:"其人美且鬈。"鬈,发好貌。但是不一定指头发弯弯曲曲作波浪形,而且也不一定专指头发,可能是美观的头发代表一般的美观的形象而已。妇女的发髻花样百出,自古已然。《后汉书·马廖传》:"城中好高髻,四方高一尺。"我们可以想象一尺的高髻,那巍峨的样子也许不下于满清旗妇的"两把头"。《汉武帝内传》:"上元夫人头作三角髻,余发散垂至腰。"上元夫人乃是一位女仙,曾与西王母数度共宴,统领十方玉女,她的发式恐怕不是人间所有。头顶三角髻,垂发及腰,那样子岂不要吓煞人!曹植《洛神赋》形容他心目中的美人说"云髻峨峨,修眉联娟",云髻是把头发卷起盘旋如云,高高的堆在头顶上。杜工部想念他的夫人也说"香雾云鬟湿",云鬟就是云髻。刘禹锡句"高髻云鬟宫样妆",杨万里句"宫样高梳西子鬟",云鬟本是贵妇的发式,但是也流行在民间了。到了后来,发髻好像是不再堆在头顶上,而是围成一个圆巴巴贴在后脑勺上。

晚清的什么"苏州撅""喜鹊尾""搭拉酥"都是中下级流行的脑后发式。头梳得不好,常被讥为"牛屎堆"。

满洲人剃头,不是剃光头,而是周围剃光,留着头顶上的长发织成长辫子垂在背后,形成外国人所取笑的猪尾巴。满人入关强令汉人剃发,于是才有"有头皆可剃,无剃不成头,世间剃头者,人亦剃其头。"谜样的谚语发生。北平的剃头挑子,挑子上有个旗杆似的东西,谁都知道那原来是为挂人头的!拒绝剃发就要人头挂高竿!太平天国的群众之所以成了"长发贼"是一种反抗。辛亥前后之剪辫子的风尚也是一种反抗。可是辫子留了好几百年,还有人舍不得剪,还有人在剪的时候流了泪呢。

僧尼落发是出家的标识。《大智度论》:"剃头着染衣,持钵乞食,此是破憍慢法。"为破憍慢而至于剃光头(胡须也在内),也可说是表示大决心,与外道有别,与世人无争,斩断三千烦恼丝,以求内心清净。不是出家的人,也有剃光头的,不拘大人孩子,都剃成一个葫芦头,据说"不长虱子不长疮"。戏剧演员也偶有剃光头的,有人说是有"性感",真不知从何说起。

晚近因为头发而引人议论的约有二事,一是中学女生之被勒令剪短头发,一是成年男子之流行蓄留长发。

从前女生的发式没有问题。我记得很多女生喜欢梳两条小辫子分垂左右,从小学起一直维持到进大学之后。好像进了中学之后大部分就把两条辫子盘成两个圆巴巴贴在脑后勺,有的且在额前遮着刘海,以增妩媚。等到进了大学,保守者脑袋后面挽个，时髦者剪短烫鬈。说老实话，如今之"清汤挂面"式的头发实在很丑，我想大概是脱胎于当年女子剪发后流行一时的所谓"鸭屁股式"（boyish bob）。大概是某些人偏爱这种发式，一朝权在手，便通令女生头发不准长过耳根。也许是肇因于对"统一"的热狂，想把芸芸学子都造成一个模式，整齐划一，于是从发式上着手，一眼望过去，每个女生顶着一把清汤挂面，脖梗子露出一块青青的西瓜皮。这种管制能收实效多久，只看女生一出中学校门立即烫发这一件事便可知晓了。

成年男人蓄长发，有时还到女子美容院去烫发，这是国外传布的一阵歪风，许是由英国的"披头四"或美国的"嬉痞"闹起来的，几乎风靡了全世界。这种发式使得男女莫辨，有时令人很窘。我最初在美国看到中国餐馆侍者一个个的长发及领，随后又看到我们的领事先生也打扮成那个模样。一霎间国内青年十之八九都变成长发贼了。令人难解的是一身渍泥儿的各行各业的工人也蓄起长发了。尤其是所谓不良少年和作奸犯科的道上人物也几乎没有一个不是长毛儿。我看见一位青年从女子美容院出来，头发烫成了强力爆炸型，若说是首如飞蓬，还不足以形容其伟大，幸亏是在光天化日之下出现，否则会吓煞人。

制 服

学生要穿制服,就是到了大学阶段在军训的时间仍然要穿制服。我记得在若干年前,有一个学生在军训时间不肯穿制服,穿着一条破西装裤一件敞着领口的白衬衫就挤进队伍里去。教官点名,一眼就看出他来,严词申斥,他报以微笑,作不屑状。教官无可奈何,警告了事。下一次军训时间他依然故我,吊儿郎当,教官大怒,乃发生口角。事闻于当局,拟予开除处分。我主从宽,力保予劝诱使之就范。于是我约他到家谈话,坦告所以。

这位青年眉毛一耸,冷冷一笑,说:"我以为梁先生是自由主义者,怎么,梁先生你也赞成穿制服么?"

我说:"少安毋躁,听我解释。我并不赞成我们学校的学生平时穿制服,可是军训有模拟军队的意味,你看古今中外哪一国的军队(除了便衣队或游击队)不穿制服?军队穿制服,自有其一番道理。所以军训时穿制服,也自有其一番道理。学校既然有此规定,而你不守规则,这便成了纪律问题。在任何一个团体里不守纪律是要处罚的。为今之计,你有两条路好走。一是服从规定,恪守纪律,此后军训穿起制服。一是坚持你的个人自由,宁愿接受纪律制裁。如果你选后者,大可自动退学,不过听候除名亦无不可。"

他的意思好像有一点活动,他说:"你劝我走哪一条路呢?"

我说:"此事要由你自己决定。如果你肯委屈自己一下,问题就解决了。天下本来没有绝对的自由。为了纪律,牺牲一点自由,也是常有的事。如果你太重视自己的主张,甘愿接受后果也不肯让步,我对你这份为了原则而不放弃立场的道德勇气,我也是很能欣赏的。"

他在沉思。我乘机又说了一个故事。英国哲学家罗素在第一次世界大战时,因为公然放言反对战争,被捕下狱,并科罚款。罗素一声不响的付了罚款,走进监狱,毫无怨言。他要说的话,他说了;他该受的惩罚,他受了。言论自由没有受到损伤,国家的法律也没有遭到破坏。这就是民主政治之可贵的一面。一个有道德勇气的人是可钦佩的,但是他也要有尊重法律的风度。

他默默的站起来告辞而去,看那样子有一点悻悻然。

下次军训时间,他穿上了制服,虽然帽子歪戴着,领扣未结。教官注视了他一眼,他立刻发言道:"不要误会,我不是遵从你的命令,我是听了梁先生的劝告!"

好倔强的一个孩子!

职 业

职业，原指有官职的人所掌管的业务，引申为一切正当合法的谋生口的行当。一百二十行，乃至三百六十行，都可视为职业。纡青拖紫，服冕乘轩，固然是乐不可量的职业，引车卖浆，贩夫走卒之辈，也各有其职业。都是啖饭，惟其饭之精粗美恶不同耳。

宋沈括《梦溪笔谈》："林君复多所乐，惟不能着棋，尝言：'吾于世间事，惟不能担粪着棋耳！'"着棋与担粪并举，盖极形容二者皆为鄙事，表示不屑之意。在如今看来，担粪是农家子不可免的劳动，阵阵的木樨香固然有得消受，但是比起某一些蝇营狗苟的宦场中人之蛇行匍伏，看上司的嘴脸，其龌龊难当之状为何如？至于弈棋，虽曰小道，亦有可观，比饱食终日言不及义要好一些,且早已成为文人雅士的消遣,或称坐隐,或谓手谈。今则有职业棋士,犹拳击之有职业拳手。着棋也是职业。

我的职业是教书,说得文雅一点是坐拥皋比,说得难听一些是吃粉笔末。其实哪有皋比可坐,课室里坐的是冷板凳。前几年我的一位学生自澳洲来,贻我袋鼠皮一张,旋又有绵羊皮一张,在寒冷时铺在我房里的一把小小的破转椅上,这才隐隐然似有坐拥皋比之感。粉笔末我吃得不多,只因我懒,不大写黑板。教书好歹是个职业,至于在别人眼里这是什么样的一种职业,我也管不了许多。通常一般人说教书是清高的职业,我听了就觉得惭愧。"清"应该作"清寒"解,有一阵子所谓清寒教授在逢年过节的时候可以轮流领到小小一笔钱,是奖励还是慰问,我记不得了,我也叨领过一两次,具领之际觉得有一丝寒意,清寒的寒。至于"高",更不知从何说起了,除非是指那座高高的讲台。

有些心直口快的人对于教书的职业作较彻底的评估。记得我在抗战胜利后返回家乡,遇到一位拐弯抹角的亲戚,初次谋面不免寒暄几句,他问我"在什么地方得意",我据实以告,在某某学校教书,他登时脸色一变,随口吐出一句真言:"啊,吃不饱,饿不死。"这似是实情,但也是夸张。以我所知,一般教授固然不能像东方朔所说"侏儒饱欲死",也不见得都像杜工部所形容的"甲第粉粉厌粱肉,广文先生饭不足",饭还是吃饱了的,没听说有谁饿死,顶多是脸上略有菜色而已。然而我听了这样率直的形容,好像是在人面前顿时矮了一截。在这"吃不饱饿不死"状态之下，居然延年益寿，拖了几十年，直到"强迫退休"之后又若干年的今天。说不定这正是拜食无求饱之赐。

　　有一回应邀参加一次宴会，举座几乎尽是权门显要，已经有"衣敝缊袍与衣狐貉者立"的感觉，万没想到其中有一位却是学优而仕平步青云的旧相识，他好像是忘了他和我一样在同一学校曾经执教，几杯黄汤下肚之后，他再也按捺不住，歪头苦笑睨我而言曰："你不过是一个教书匠，胡为厕身我辈间？"此言一出，一座尽惊。主人过意不去，对我微语："此公酒后，出言无状。"其实酒后吐真言，"教书匠"一语夙所习闻，只是尊俎间很少以此直呼。按教书而能成匠，亦非易事。必须对其所学了如指掌，然后才能运用匠心教人以规矩，否则直是庋家，焉能问世？我不认为教书匠是轻蔑语。

　　如今在学校教书，和从前不同，像马融"坐高堂，施绛纱帐，前授生徒，后列女乐"那样的排场，固然不敢想象，就是晚近三家村的塾师动不动拿起烟袋锅子敲脑壳的威风亦不复见。我小时候给老师送束脩，用大红封套，双手奉上，还要深深一揖。如今老师领薪，要自己到出纳室去，像工厂发工资一样。教师是佣工的性质。听说有些教师批改作文卷子不胜其烦，把批改的工作发包出去，大包发小包，居然有行有市。

　　尊师重道是一个理想，大概每年都有人口头上说一次。大学教授之"资深优良"者有奖，照章需要自行填表申请。我自审不合格，故不欲填表，但是有一年学校主事者认为此事与学校颜面有关，未征同意就代为申请了，列为是三十年资深优良教师之一。经层峰核可，颁发奖金匾额。我心里悬想，匾额之颁发或有相当仪式，也许像病家给医师挂匾，一路上吹吹打打，甚至放几声鞭炮，门口围上一些看热闹的人。我想错了。一切从简。门铃响处，一位工友满头大汗，手提一个相当大的镜框（比理发店墙上挂的大得多），问明主人姓氏，像是已经验明正身，把手中的镜框丢在地上，扬长而去。镜框里是四个大字（记不得是什么字了），有上款下款，朱印烂然。我叹息一声，把它放在我认为应该放置的地方。

教书这种职业有其可恋的地方。上课的时间少，空余的闲暇多，应付人事的麻烦少，读书进修的机会多。俗语说："讨饭三年，给知县都不做。"实在是懒散惯了，受不得拘束。教书也是如此，所以我滥竽上庠，一蹭就是几十年，直到有一天听说法令公布，六十五岁强迫退休。退休是好事，求之不得，何必强迫？我立刻办理手续，当时真有朋友涕泣以告："此事万万使不得，赶快申请延期，因为一旦退休，生活顿失常态，无法消遣，不知所措。可能闷出病来，加速你的老化。"我没听。今已退休二十年，仍觉时间不够用，一天只有二十四小时。

退休给我带来一点小小的困扰。有一年要换新的身份证。我在申请表格职业栏里除原有的"某校教授"字样下面加添一个括弧，内书"退休"二字。办事的老爷大概是认为不妥。新身份证发下，职业一栏干脆是一个"无"字。又过几年，再换身份证，办事的老爷也许也发觉不妥，在"无"字下又添了一个括弧，内书"退休"。其实职业一栏填个"无"字并不算错。本来以教书为业，既已退休，而且是当真退休，不是从甲校退休改在乙校授课,当然也就等于是无业,也可说是长期失业。只是"无业"二字,易与"游民"二字连在一起,似觉脸上无光。可是回心一想,也就释然。《大戴礼记·曾子立事第四十九》:"其少不讽诵,其壮不论议,其老不教诲,亦可谓无业之人矣。"我是道道地地的一个"无业之人"。

书 法

《颜氏家训》第十九:"真草书迹,微须留意。江南谚云:'尺牍书疏,千里面目也。'承晋宋余裕,相与事之,故无顿狼狈者。吾幼承门业,加性爱重,所见法书亦多,而玩习功夫颇至,遂不能佳者,良由无分故也。然而此艺不须过精。夫巧者劳而智者忧。常为人所役使,更觉为累。韦仲将遗戒,深有以也。……"

这一段话很有意思。颜之推教子弟留意书法,但无须过精,这就和他教子弟做官但不可做大官的意思一样,要合乎中庸之道,真不愧为"儒雅为业"的口吻。他说此艺不可过精,理由是怕为人役,他举了韦仲将的往事为戒。韦诞,字仲将,三国魏京人,工文善书,明帝时官侍中,凌云殿成,匠人一时糊涂，榜未题字就挂上去了，乃命诞上去补写。用辘辘引他上去，写完之后须发皆白。大概此人患有"高空恐怖症"，否则不至吓成那个样子。可谓艺高而胆不大。然人为书名所累，其事亦大可哀。

这样尴尬的事，现在不会再有。世人重名，不大懂得书的工拙。而有一些自以为能书者，不知藏拙，遇有机会题端书匾写市招，辄欣然应命。常在市肆间见擘窠大字，映入眼底，俨然名人墨迹，实则抛筋露骨，拘孪歪斜，如死蛇僵蚓，或是虚泡囊肿，近似墨猪，名副其实的献丑。

或谓毛笔式微，善书者将要绝迹。我不这样悲观。书法本来不是尽人能精的。自古以来，琴棋书画雅人深致，但是卓然成家者能有几人？而且善棋者未必都能琴，善画者未必皆精于书，艺有专长，难于兼擅。当今四五十岁一代，书法佳妙者亦尚颇有几位，或"驰驱笔阵""其腕似铁"，或大笔如椽，龙舞蛇飞。我都非常喜爱，雅不欲厚古薄今。精于书法者，半由功力，半由天分，不能强致。读书种子不绝，书法即不会中断。此事不能期望于大众，只能由少数天才维持于不坠。我幼时上学，提墨盒，捧砚台，描红模子，写九宫格，临碑帖，写白折子，颇吃了一阵苦头，但是不久，不知怎样的毛笔墨盒砚台都不见了，代之而兴的是墨水钢笔原子笔。本来写书信写稿子都是用毛笔的，一下子改用了钢笔原子笔。在我个人，现在用毛笔写字好像是介乎痛苦与快乐之间的一种活动。偶然拿起毛笔，顿时觉得往事如烟，似曾相识。而摇动笔杆，有如千钧之重，挥毫落纸，全然不听使唤，其笨拙不在"狗熊耍扁担"之下。在故宫博物院，看到名家书法，例如王羲之父子的真迹，如行云流水一般的萧散，"纤纤乎似初月之出天崖，落落乎犹众星之列河汉"，我痴痴的看，呆呆的看，我爱、我恨、我怨，爱古人书法之高妙，恨自己之不成材，怨上天对一般人赋予之吝啬。

虽然书法不是人尽能精，也不一定要人人都能用毛笔，但最低限度传统写字的方法是应该尊重的。仓颉造字，我们却不能随便的以仓颉自居。简体字自古有之，不自今日始，但是简也有简的道理，而且是约定俗成，不是可以任意乱来的。草书有用，并且很美，但是也有一定的草法，章草、狂草都有一定的结构格局，于右任先生提倡的标准草书可谓集大成。书法常能表现一个人的性格风度，郑板桥的字怪，因为他人怪，我们欣赏他的字而不嫌其怪。他的诗书画融为一体，三绝其实只是一绝。蒋心余论板桥的几句诗："板桥作字如写兰，波磔奇古形翩翩。板桥写兰如作字，秀叶疏花见奇致。"他写竹也是如同作书。有板桥那样的情怀才能有那样的书画。有人看了他写的"难得糊涂"四个大字便刻意模仿；居然把他的怪处模拟得有几分像是真的，这不仅是如东施之效颦，简直是如孙寿的龋齿笑，徒形其丑。《孙过庭书谱》说："初学分布，但求平正，既知平正，务追险绝，既能险绝，复归平正。"书家练过险绝的阶段还是要归于平正的。初学的人求其分布平正，已经不易，不必一下手便出怪。我看见有些年轻人写字时常不守规矩。例如把"口"字一律写成为"厶"字，甚至"田"字"国"字也不例外，一律写成为尖头怪胎。颜之推所说"尺牍书疏，千里面目"，像这样的面目直是面目可憎。

废 话

常有客过访,我打开门,他第一句话便是:"您没有出门?"我当然没有出门,如果出门,现在如何能为你启门?那岂非是活见鬼?他说这句话也不是表讶异。人在家中乃寻常事,何惊诧之有?如果他预料我不在家才来造访,则事必有因,发现我竟在家,更应该不露声色,我想他说这句话,只是脱口而出,没有经过大脑,犹如两人见面不免说一句"今天天气……"之类的话,聊胜于两个人都绷着脸一声不吭而已。没有多少意义的话就是废话。

人不能不说话,不过废话可以少说一点。十一世纪时罗马天主教会在法国有一派僧侣,专主苦修冥想,是圣·伯鲁诺所创立,名为 Carthusians,盖因地而得名,他的基本修行方法是不说话，一年到头的不说话。每年只有到了将近年终的时候，特准交谈一段时间，结束的时刻一到。尽管一句话尚未说完，大家立刻闭起嘴巴。明年开禁的时候，两人谈话的第一句往往是"我们上次谈到……"一年说一次话，其间准备的时光不少，废话一定不多。

梁武帝时，达摩大师在嵩山少林寺，终日面壁，九年之久，当然也不会随便开口说话，这种苦修的功夫实在难能可贵。明莲池大师《竹窗随笔》有云："世间酽醴醇醴，藏之弥久而弥美者，皆繇封锢牢密不泄气故。古人云：'二十年不开口说话，向后佛也奈何你不得。'旨哉言乎！"一说话就怕要泄气，可是这一口气憋二十年不泄，真也不易。监狱里的重犯，常被判处独居一室，使无说话机会，是一种惩罚。畜牲没有语言文字，但是也会发出不同的鸣声表示不同的情意。人而不让他说话，到了寂寞难堪的时候真想自言自语，甚至说几句废话也是好的。

可是有说话自由的时候，还是少说废话为宜。"群居终日，言不及义，难矣哉！"那便是废话太多的意思。现代的人好像喜欢开会，一开会就不免有人"致词"，而致词者常常是长篇大论，直说得口燥舌干，也不管听者是否恹恹欲睡欠伸连连。《孔子家语》："庙堂石阶之前，有金人焉，三缄其口，而铭其背曰：'古之慎言人也。'"能慎言，当然于慎言之外不会多说废话。三缄其口只是象征，若是真的三缄其口，怎么吃饭？

串门子闲聊天，已不是现代社会所允许的事，因为大家都忙，实在无暇闲嗑牙。不过也有在闲聊的场合而还侈谈本行的正经事者,这种人也讨厌。最可怕的是不经预先约定而闯上门来的长舌妇或长舌男,他们可以把人家的私事当做座谈的资料。某人资产若干,月入多少,某人芳龄几何,美容几次,某人帷薄不修,某人似有外遇……说得津津有味,实则有伤口业的废话而已。

行文也最忌废话。《朱子语类》里有两段文字:

> 欧公文,亦多是修改到妙处。顷有人买得他醉翁亭稿。初说滁州四面有山,凡数十字,末后改定,只曰"环滁皆山也"五字而已。如寻常不经思虑,信意所作言语,亦有绝不成文理者,不知如何。

> 南丰过荆襄,后山携所作以谒之。南丰一见爱之,因留款语。适欲作一文字,事多,因托后山为之,且授以意。后山文思亦涩,穷日之力方成,仅数百言,明日以呈南丰。南丰云:"大略也好,只是冗字多,不知可为略删动否?"后山因请改窜。但见南丰就坐,取笔抹数处,每抹处连一两行,便以授后山,凡削去一二百字。后山读之,则其意尤完,因叹服,遂以为法,所以后山文字简洁如此。

前一段说的是欧阳修的《醉翁亭记》。开端第一句"环滁皆山也",不说废话,开门见山,是从数十字中删汰而来。后一段记的是陈后山为文数百言,由曾巩削去一二百个冗字,而文意更为完整无瑕。凡为文者皆须知道文字须要锻炼,简言之,就是少说废话。

一条野狗

野狗当道,有司捕杀之,吾无闲然。

夜深人静,常听到犬吠之声盈耳,哀而且厉,随即寂然。我初以为是狗屠出来猎狩,收集香肉,供人大嚼。后来听说是市府派出来的专人收捕野狗。他们的猎具简单,一根棍子,顶端系上一个铅铁丝圈的活套,瞄准了套在狗颈上面,愈拉愈紧,狗便无法挣脱。提起狗来往停在路边的车子里一甩,凑足了十个八个,送往拘留场所,三日无人认领,则聚而歼之,无稍贷。对市民而言,这是德政。

从前我的居处楼上有人养狗,我从未见过这狗,不知其为雌雄、妍媸、胖瘦。但是狗准时狂吠,准在黎明的时候以极不悦耳的短促而连续的声音嗥叫,惊醒上下左右邻人的清睡。熟睡中被惊醒是很难受的。古人形容人民之安居乐业的现象之一是"狗不夜吠"（见《后汉书·循吏传》）。有一天菁清在电梯中遇到狗主人，说起这条狗，委婉的请求她能不能"无使尨也吠"。狗主人反问："你搬来多久了？"菁清说："将近一月。"狗主人说："我在此地养这条狗将近三年了。"言外之意是，她和她的狗已经是资深的住户，一切早已定型，传统不容置疑。我闻之不禁太息，有其人必有其狗。可是睦邻要紧，何况这狗不是野狗，所以这桩事只好列为百忍的项目之一。忍了两年，忽不闻犬吠，人犬俱杳，大概是搬走了。

历史重演，我现在住的地方又有一条狗半夜里汪汪的叫，不是在楼上，是在街上，原是一家店铺豢养的一只母狗，店铺关门，狗被遗弃，变成了野狗。它在附近餐馆偶然拾些残羹剩炙，苟全性命，但是瘦骨嶙峋，棕黑色的毛脱落了一半，同时还长满了虱。别看它这副腌臜相，在一群落魄的公狗的眼里，它还是眉清目秀的。果然，有一夜晚，一群野狗猎猎然骚动起来，争相追逐这只可怜的母狗。结果是不免。群狗哄散，不久这条狗就大腹膨亨了。大概狗在怀胎期间格外容易感觉到饿，所以它叫得格外凄厉。菁清和我时常外出就餐，偶有剩余的菜肴便大包小包的携带回家，菁清没有浪费的习惯，归途遇见这只母狗，菁清顺手打开包裹，投以肉骨之类。一只狗真正饥饿的时候，饥火中烧，忽然看见肉骨，饥火会从眼里直冒出来。它急急忙忙的大口吞嚼，咔嚓咔嚓之声可闻，还不时的左顾右盼，惟恐谁来夺食。吃定之后，还要舔地，好像是意犹未足。菁清索兴以全部剩食投赠，它如风卷残云一般吃得一干二净。

饿狗得食，那份满足的样子给人印象至深。此后我们就时常喂它，它好像认识我们了，见到我们就摇它的尾巴，这是它的礼貌。我们只是"随所见物，发慈悲心"（莲池大师语），并不是对这只野狗有所偏爱。

有一天，楼下餐馆主人说，那只野狗利用他后门外的一角空地产下了五只小狗。菁清就劝店主喂养它们，店主也答应了，只是把三只小狗送人，留下两只。我们看见了这两只，肥肥胖胖，满地打滚，一白色一棕色。天地之大德曰生，狗也在一切有情之内。现在母狗长得丰满了，皮毛也显著悦泽，母性焕发，怡然自得，再也不黎明狂吠扰人清梦了。我们为它庆幸，"得其所哉！"尤其是看它喂奶给小狗吃的那副舒坦的样子，令人兴起愉愉之感。

忽然有一天餐馆主人告诉我们，那条狗被抓走了！我们立刻就想到捕狗人员用铁圈套狗的样子，不免戚然。问店主要不要去认领，他摇摇头。"那两只小狗怎么办呢？"他说："我们会喂它们。"说着说着那两只小狗跑过来了，依然欢蹦乱跳，满地打滚，不晓得覆巢之下岂有完卵！

我知道那条狗还可以苟延残喘三天，这三天中，我不时的想到了它。三天过后，万事皆空，它的影子仍然不时的浮现在我心里。这条狗并不美丰姿，比起什么狮子狗、狐狸狗、哈巴狗、牧羊狗、大丹狗、香肠狗、牛头狗……都差得远。我没有抚摩过它，只是偶有一饭之恩。奈何三日已过而仍萦绕我的心怀？我的心怀已经是满满的，不能再容纳一只无家可归惨遭捕杀的野狗。我想唯一的释怀的方法是把这一桩事写出来，也许写出来之后心里就会觉得释然。试试看。

领带

　　林语堂先生长南洋大学，虽为时甚短，有两件事却为某些人津津乐道。一是他不赞成打领结，并且身体力行，经常敞着领子，一副萧散的样子。另一是主张教室里不妨吸烟，教授可以嘴里叼着烟斗，学生也可以喷云吐雾，在烟雾弥漫之中传道授业。

　　有些国家的大学里，学生的服装甚不整齐，有件衬衫，加件夹克，就可以跻身黉舍，堂皇的出入。但是教授一定要维持相当的体面，他的一套服装可以破旧邋遢，他颈间系着的领带绝不可少，那是教授的标帜。你看见一位中年以上的夹着书包而系着领带的人施施然直趋教室，不必问即可知道他八成是个教授。也有些偷懒的教师，尤其是夏季，嫌打领带太麻烦，用一根绳子似的东西往颈上一套，上面系着一块石头什么的东西，权且充为领带了，即所谓 bolo tie。

在国外，打领带西装笔挺的传统，大概由两种人在维持。银行行员与大公司行号应对顾客的职员，他们永远是浑身上下一套西服，光光溜溜一尘不染，系着一条颜色深沉并不耀眼的领带。如果他不修边幅，蓬着头发敞着胸口，谁愿意和他做交易？打上领带就可以增几分令人愉快而且可以令人信赖的感觉。殡仪馆的执事们，为了配合肃穆的气氛，也没有不打领带的。

自从我们这里发生一件儿子勒死爸爸的案子之后，即有人一见领带就发毛。大家都梳辫子的时候，和人打架动手过招，最忌被对方揪住小辫儿，因为辫子被人揪住，就不能自由转动脑袋，势必被人扯得前仰后合，终于落败。那儿子勒死爸爸，只为了讨五十元零用钱未遂，未必蓄意置人于死，可是领带是个活套，越拉越紧，老人家的细细脖子怎么禁得起，一时缺氧，遂成千古。领带比辫子危险能致人命。如果不系领带，可能逃过一厄。

系领带也没有什么大不好，只是麻烦些。每天早起盥洗刮脸固定的一套仪式已经够烦，还要在许多条五颜六色的领带中间选择一条出来，打在颈上可能一端长一端短，还须重新再打，打好之后，披上衣服，对镜一照，可能颜色图案与内衣外服都不调和，还须拆了再打。往复折腾两次，不由人的要冒火。其实这个问题容易解决，曾听高人指点：衣装花哨则领带要素，衣装朴素则领带不妨鲜明。懂得这个原则，自由斟酌，无往不利。当然，领带的色彩图案，千奇百怪，总之是要和人的身份相称，也要顾到时地是否相宜。二十多年前有人自海外来，送我一条领带，黄色的，纯黄色的，黄到不能再黄，我一直找不到适当时机佩带它，烂在箱底，也许过马路斑马线的时候系这领带格外醒目。

　　人的服装，于御寒之外，本来有求美观的因素在内。男人的西装在色彩方面总嫌单调，系上一条悦目而不骇人的领带也不能算是过分。雄狮有一头蓬散的鬣毛，老虎豹有满身的斑纹斑点，人呢？一脸络腮胡子是常惹人厌的。无可奈何，在脖子上系一条色彩分明的领带，虽说迹近招摇，但是用心良苦。至于说领带系颈，使胸口免受风寒，预防感冒，也许是实情，也许是遁词吧。

　　领带的起源，其说不一。或谓起源于法国皇帝路易十四时代克罗埃西亚佣兵之颈上的装饰性的领结，即所谓 Cravat，贵族群起仿效，大革命之后消失了一阵，但是十九世纪初期又复盛行，拜伦的飞扬潇洒的领巾是有名的。一八一八年出版过一本书《领带大全》（Neckclothiana）历数二十多种领带之不同的打法。领带的考证没有什么重要，但是领带之不时的变换式样却是很讨厌的。时而细细长长，时而宽宽大大，造成所谓的时髦。情愿被时髦牵着鼻子走的人实在很多。真正从中获益的是制造领带的厂商。

点 名

我在小学读书的时候，先生根本不点名。全班二十几个学生，先生都记得他们的名字。谁缺席，谁迟到，先生举目一看，了如指掌，只须在点名簿上做个记号，节省不少时间。

我十四岁进了清华。清华的学生每个都编列号码（我在中等科是五八一号，高等科是一四七号）。早晨七点二十分吃早点（馒头稀饭咸菜），不准缺席迟到。饭厅座位都贴上号码，有人巡视抄写空位的号码。有贪睡懒觉的，非到最后一分钟不肯起床，匆促间来不及盥洗，便迷迷糊糊蓬头散发的赶到餐厅就座，呆坐片刻，俟点名过后再回去洗脸，早饭是牺牲了。若是不幸遇到斋务主任陈筱田先生亲自点名，迟到五分钟的人就难逃法网了，因为这位陈先生记忆力过人，他不巡行点名，他隐身门后，他把迟到的人的号码一一录下。凡迟到若干次的便要在周末到"思过室"里去受罚静坐。他非记号码不可，因为姓名笔画太繁，来不及写，好几百人的号码，他居然一一记得，这一份功夫真是惊人。三十多年后我偶然在南京下关遇见他，他不假思索喊出我的号码一百四十七。

下午是中文讲的课程，学校不予重视，各课分数不列入成绩单，与毕业无关，学生也就不肯认真。但是点名的形式还是有的，记得有一位叶老先生，前清的一位榜眼，想来是颇有学问的，他上国文课，简直不像是上课。他夹着一个布包袱走上讲台，落座之后打开包袱，取出眼镜戴上，打开点名簿，拿起一支铅笔（他拿铅笔的姿势和拿毛笔的姿势完全一样，挺直的握着笔管！）然后慢条斯理的开始点名。出席的学生应声答"到！"缺席的也有人代他答"到！"有时候两个人同时替一个缺席的答到。全班哄笑。老先生茫然的问："到底哪一位是……？"全班又哄然大笑。点名的结果是全班无一缺席，事实上是缺席占三分之一左右。大约十分钟过去，老先生用他的浓重的乡音开讲古文，我听了一年，无所得。

胡适之先生在北大上课，普通课堂容不下，要利用大礼堂，可容三五百人，但是经常客满，而且门口窗上都挤满了人。点名是不可能的。事实上其中还有许多"偷听生"，甚至是来自校外的。朱湘就是远从清华赶来偷听的一个。胡先生深知有教无类的道理，来者不拒，点名作甚？"桃李不言，下自成蹊。"

其实点名对于教师也有好处，往往可以借此多认识几个字。我们中国人的名字无奇不有。名从主人，他起什么样的名字自有他的权利。先生若是点名最好先看一遍名簿，其中可能真有不大寻常的字。若是当众读错了字，会造成很尴尬的局面。例如寻常的"展"，偏偏写成为"⻍"。这是古文的展字，不是人人都认得的。猛然遇见这个字可能不知所措。又如"珡"就是古文的"琴"，由隶变而来，如今少写两笔就令人不免踌躇。诸如此类的情形不少，点名的老师要早防范一下。还有些常见的字，在名字里常见，在其他处不常用，例如"茜"字，读倩不读西，报纸上字幕上常有"南茜""露茜"出现，一般人遂跟着错下去。可是教师不许读错，读错了便要遭人耻笑了。也有些字是俗字，在字典里找不着，那就只好请教当地人士了。

奖券

"人非横财不富,马非夜草不肥。"这道理谁不知道?靠了一点微薄的收入,维持一家的温饱,还要设法撙节,储备不时之需,那份为难不说也罢。可是各种形式的巧取豪夺,若是自己没有那种能耐,横财又从哪里来呢?馅饼会从天上掉下来么?若真从天上掉下来,你敢接么?说不定会烫手,吃不了兜着走。

有人想,也许赌博可以带来一笔小小的横财。"舍不得孩子套不着狼",筹得一点赌资,碰碰运气,说不定就有斩获。打麻将吧,包括卫生的与不卫生的两种在内,长期的磨手指头,总会有时缔造佳绩,像清一色杠上开花什么的,还可能会令人兴奋得大叫一声而亡,或一声不响的溜到桌下。不过这种奇迹不常见。推牌九吧，一翻两瞪眼，没得说的，可是坐庄的时候若是翻出了"皇上"，统说，而且可以吃十三道的注子，这笔小财就足够折腾好几天了。常言道，久赌无赢家，因为赌资只有那么多，赌来赌去总额不会多，只有越来越少，都被头家抽头拿去了。赌博不是办法，运气不好还可能被捉将官里去。

无已，买彩票吧。彩票，今称奖券。买奖券也是撞大运，也是赌博的一种，花少量的钱，希冀获得大奖。奖，是劝勉的意思。《左传·昭公二十二年》："无亢不衷，以奖乱人。"买奖券的人不一定是乱人，但也绝不一定是善人。花几十块钱买彩票，何功何德，就会使老天爷（或财神爷）垂青于你？或者只能说那是靠坟地的风水，祖上的阴功。但是谁都愿试一试看，看坟地风水如何，祖上有无阴功。一试不成，再试，试之不已，也许有一天财气会逼人而来。若是始终不能邀天之幸，次次落空，则所失有限，也不必多所怨尤。

奖券既是赌的性质，赌是不合法的，难道不怕有人来抓赌？这又是过虑。奖券如公然发售，必然是合法的，究竟合的是什么法，民法、刑法、银行法，就不必问。奖券所得如果是为了拨作公益或充裕国帑，更不妨鼓励投机，投机又有何伤？从来没听说过什么人因买奖券而倾家荡产，也从来没听说过什么人因买了奖券就不务正业。

我没买过奖券，不是不想发财，是买了奖券之后，念兹在兹，神魂颠倒，一心以为大奖之将至，这一段悬宕焦急的时间不好过。若是臆想大奖到手之后，如何处分那笔横财，买房好还是置地好，左思右想的拿不定主意，更增苦痛。其实中奖的机会并不大，猫咬尿泡的结果不能免，所以奖券还是由别人去买，这笔财由别人去发，安分守己，比较妥当。人非横财不富，看着别人富，不也很好么？

如今时尚是处处模仿西方国家，西方国家有专靠赌博维持命脉的，也有借赌博以广招徕的所谓赌城。各地人士趋之若鹜。我们的国家尚未沦落到这个地步，我们顶多在餐馆用膳的时候，常突然闯进不速之客，有男女老少，每个都低声下气的兜售奖券。他并不强销，他和颜悦色。他不受欢迎的时候多，偶尔也有拒绝买券而又慷慨解囊的人，那就像是施舍了。

统一发票是良好制度，而且月月开奖。除了观光饭店和书店之外，很少商家不费唇舌就开发票给我。我若索取，他们会应我所求，但是脸上的颜色有时就不好看。所以我不强求，但是每月也积有若干张，开奖翌日报纸上揭露出来，核对号码的时候觉得心在跳。若干年来没有得过一次奖，最起码的尾字奖也不曾轮到过我，只怪自己命小福薄。后来经高人指点，我才知道统一发票的持有人需将发票的号码剪下来贴在明信片上寄交某处，然后才有资格参加摇奖，这是在发票的下端印得明明白白，然而那两行字体特别小，怪我自己昏聩没有注意。可是统一发票带给我无数次的希望，无数次的失望，我并没有从此厌恶统一发票。相反的，统一发票帮过我一次大忙。我和菁清到一个饭店吃自助餐，餐毕付钱，侍者送来零头和发票。我们走到出口处就被人一把揪住了，"怎么，没付账就走？"吃白食是我一辈子没想到要做的事。我没有辩白，拿出统一发票给他看。当场受窘的不是我。满脸通红的也不是我。奖券都不买，统一发票还兑什么奖？从此，发票一到手，一出商店门，便很快的把它投到应该投的地方去。

看样子，我是与奖无缘。

婚礼

一般人形容一般的婚礼为"简单隆重"。又简单又隆重，再好不过。但是细想，简单与隆重颇不容易合在一起。隆是隆盛的意思，重是郑重的意思，与简单一义常常似有出入，烫金红帖漫天飞，席开十桌八桌乃至二三十桌，杯盘狼藉，嘈杂喧豗。新娘三换服装，作时装表演，正好违反了蔡邕"一朝之晏，再三易衣，从庆移坐，不因故服"的"女诫"。新郎西服笔挺，呆若木鸡。证婚人语言无味，介绍人嬉皮笑脸，主婚人形如木偶。隆则隆矣，重则未必，更不能算简单。

我国婚礼，自古就不简单。《礼记·昏义》："昏礼者，将合二姓之好，上以事宗庙，而下以继后世也，故君子重之。"传宗接代的事，所以要隆重。"是以昏礼纳采，问名，纳吉，纳征，请期，皆主人筵席于庙，而拜迎于门外，入，揖让而升，听命于庙，所以敬慎重正昏礼也。"随后就是新郎亲迎，女家"筵几于庙"，婿揖让升堂，再拜奠雁。最后是迎妇以归，"共牢而食，合卺而酯"，大事告成。这一套仪式，若干年来，当然有不少的修改，但是基本的精神大致未变，仍是铺张扬厉，仍是以父母为主体，以当事人为主要工具。男娶妇曰授室，女嫁夫曰于归。

民初以来所谓文明结婚的仪式，一直沿用到现在，其实不见得怎样文明。最令人不解的是仪式之中冒出来一个证婚人——多半是一个机关首长什么的，再不就是一位年高确实有征而德劭尚待稽考的人，他的任务是宣读结婚证书，然后说几句空空洞洞的废话。从前有"新娘搀上床，媒人扔过墙"之说，如今则是证婚人等到大家用过印，就被人夹持扶下台。如果他运气好，会有人领他到铺红桌布的主要席次，在新郎新娘高据首席之下敬陪末座。否则下得台来，没有人理，在拥挤的席次之间彷徨逡巡一阵，臊不搭的只好溜走了事。若是婚后数日，男家家长带着儿子媳妇和一篮水果什么的到证婚人家中拜谢，那是难得一见的殊荣。

新娘由两个伴娘左右扶持也就够排场的了，但是近来还经常有人采用西俗，由女方男性家长（或代理家长）挟持着新娘，把她"送给"男方。而且还要按着一架破钢琴（或录音机）奏出的进行曲的节奏，缓缓的以蜗步走到台前。也有人不知受了什么高人导演，一步一停，像玩偶中的机器人一样的动作有节。为什么新娘要由男性家长"送给"人，而不由女性家长把她送出去？为什么新郎老早的就站在那里，等候接收新娘，而不是由家长挟持着把他"送给"新娘？究竟有无道理？

子曰："礼，与其奢也宁俭。"是泛指一般的礼而言，当然也包括婚礼在内。在这里俭也就是简单的意思。西俗婚礼较为简单，但是他们有人还嫌不够简单。从前，苏格兰敦福利县春田乡附近有一个小村落格莱特纳（Gretna），离英格兰西北部的卡利尔只有八英里，那个地方的结婚典礼既不需牧师主持，亦不必请领什么证书，更不要预告的那种手续，只要双方当事人对一位证人宣称同意结婚就行了。而那位证人通常是当地的铁匠。一时的私奔的男女趋之若鹜。号称为"格莱特纳草原结婚"（Gretna Green marriages）。这风俗延至一八五六年才告终止。这方式简单之至，实在也没有什么不好，不晓得何以终于废弃。结婚是两个人的事，何需牧师参预其间。男女相悦，欲结秦晋之好，也没有绝对必要征求家长同意。必须要个证人，表示其非私奔，则乡村铁匠最为便当。从前一个乡村铁匠是当地尽人皆知的一个响当当的人物。在铁匠面前，三言两语把终身大事解决了，岂非简单之至？

听说美国近年来有所谓"快速结婚"。南卡罗来纳州迪朗市政府公证处设立了一个结婚礼堂，除耶诞节休息一日外，全年开放，周末还特别延长服务时间。凡年满十六岁男子与年满十四岁女子，无论来自何处，不需体检，不必验血，一律欢迎。只需家长同意，于二十四小时前申请，缴注册费四十元，公证处即派员主持结婚典礼，费时不超过五分钟。结婚人不必穿礼服，任何服装均可，牛仔裤、衬衫、工作服任听尊便。简

萬木發新葉
枝上有花開
我坐着
風裡
只為等
你來
歲在丙申暮春時節老村製
并記自度句

单迅速，皆大欢喜。五分钟完成婚礼不一定就是不隆重，婚礼本不是表演给人观赏的。我国法院的公证结婚相当简单，不过也还要有一位法官行礼如仪，似嫌多事。那位法官所披的法衣，白领往往污黑，和新娘的白纱礼服不大相称。公证结婚之后，也曾有人再行大宴宾客，借用学校礼堂操场席开一二百桌，好像是十分风光，实则迹近荒唐，人人为之侧目。当然这种荒唐闹剧也不是完全没有道理的，有人估计，像这样的敛治喜筵可以收回为数可观的喜敬，用以开销尚有余羡。此种行径，名曰"撒网"，距离隆重之义何止十万八千里。

听说有人结婚不在教堂行礼，也不在家里或是餐厅里，而是在运动场里、滑冰场上、游览车中，甚至不在地面上而是在天空的飞机里面。地点的选择是人人有自由的，制造噱头也不犯法。成为新闻有人还很得意。

然则婚礼如何才能简单隆重？初步的建议是，作父母的退出主办的地位，别乱发请帖，因为令郎令爱的婚事别人并不感觉兴趣。在家里静静的等着抱孙子就可以了。至于婚礼，让小两口子自己瞧着办。

铜像

有人提议在某处山头给孔老夫子建立一座铜像，要高要大，至少在五丈以上，需一亿圆左右的铜，否则配不上这位"德侔天地，道冠古今"的伟大人物。还有人出花招，铜像中空，既省料，兼可设梯于其中，缘梯而上，可以登高瞩远。又有人说话了，"不行，这样大的铜像，要遮住附近好几个人家的阳光。""不行！那一带常有酸雨，铜像不久就要被腐蚀。"议论纷纷。

孔子生于周灵王二十一年，西历纪元前五五一年，距今两千五百多年，后裔递嬗至今第七十七代，受到历代君王士庶的敬礼。曲阜孔林占地二平方公里，衍圣公府拥有房屋四百六十余间，孔子墓碑有"大成至圣文宣王墓"几个篆字，但是不曾听说在什么地方有孔子铜像。孔子画像我们辗转约略看到的也只有晋顾恺之所绘的像，和唐吴道子所绘的像而已。据说曲阜孔庙大成殿原来奉孔子塑像，早不复存，无可考。

记得我小时候，宣统年间，初上一家私立小学，开学之日，提调莅临，率领一群员生在庭院中对着至圣先师的牌位行三跪九叩礼，起来之后拍拍膝头的尘土，这就是开学典礼了。孔子是什么模样，毫无所知，为什么要给他三跪九叩我也不大明白，现在我们见到的孔德成先生，方面大耳，仪表堂堂（最近减食显得清癯一些），也许可以想见他七十七代远祖当年"温而厉，威而不猛，恭而安"的风度。虽未见过孔子铜像，但是隐隐然在我心中却有一个可敬的印象。如果有人给他塑一个像，是否与我心中印象相合，我不敢说。

民初兴起过一阵子孔教会的活动，我的学校里一方面有基督教青年会，有查经班，另一方面就有孔教会。我参加了孔教会的阵营，当时的活动限于办刊物，举行演讲，为工友及贫民儿童开补习班。五四以后，怀疑之风盛起，对于"孔教"的信仰不免动摇，不久孔教会缺乏支援也就烟消火灭了。奇怪的是，从来没有人想起为孔子立个铜像，甚至于连一个木质的牌位也没有设立。也许幸亏大家不曾到处为孔子立铜像，否则后来"土法炼钢"那一浩劫未必能逃得过。

孔子不是没有幽默感的人。《孔子家语》："孔子适郑，与弟子相失，独立东郭门外。或人谓子贡曰，'东门外有一人焉，其长九尺有六寸，河目隆颡，其头似尧；其颈似皋陶，其肩似子产，然自腰以下不及禹者三寸，累然如丧家之狗。'子贡以告，孔子欣然而叹曰：'形状未也。如丧家之狗，然乎哉，然乎哉。'"这一段记载非常传神。孔子是大高个子，长脸。和弟子们走失了路，独立东郭门外，忧形于色，累然如丧家之狗。"丧家狗"如今是骂人的话，可是孔子听了欣然而叹说："对极了，对极了。"我们如今要是为孔子立铜像，当然只要那副九尺六寸的魁梧身躯，岸然道貌，不会让他带有几分生于乱世道不得行的忧时的气象。

美国西雅图的大学附近有一家日本杂货店，卖稻米、豆腐、瓷器，以及台湾制的蒸笼屉等，后门外有一小块空地作停车场，壁上用英文大书："孔子曰：'凡非本店顾客，请勿在此停车。'"这位日本老板很有风趣，虽然是开玩笑，但没有恶意，没有侮辱圣人之意。我们从他的这场玩笑，可以看出若是把孔子当做一个偶像看待，那是多么令人发噱的事。给孔子建五丈多高的铜像，纯然出于敬意，但也近于偶像崇拜。如果征求孔子同意，我想他必期期以为不可。

计程车

观光客(包括洋人与华裔洋人)来此观光,临去时,有些人总是爱问他们有何感想。其实何需问。其感想如何,我们早已耳熟能详,其中有一项几乎是每人都会提到的:"交通秩序太乱,计程车横冲直撞,坐上去胆战心惊。"言下犹有余悸的样子。我们听了惭愧。许多国家都比我们强,交通秩序井然,开车的较有礼貌。

尽管我们的计程车不满人意,我们不要忘记计程车的前一代的三轮车,更前一代的人力车。居住过上海租界的人应能记得,高大的外国水兵跷起腿坐在人力车上,用一根小木棒敲着飞奔的人力车夫的头,指挥他左转右转,把人当畜牲看待,其间可有丝毫礼貌?居住过重庆的人应能记得,人力车过了两路口冲着都邮街大斜坡向东急行，猛然间车夫为了省力而将车把向上一扬，登时车夫悬吊在半空中，两脚乱蹬而不着地，口里大喊大叫，名曰"钓鱼"，坐在车上的人犹如御风而行，大气都不敢喘，岂止是胆战心惊？三轮脚踏车，似乎是较合于人道，可是有一阵子我每日从德惠街到洛阳街，那段路可真不短，有一回遇到台风放雨尾，三轮车好像是扯着帆逆风而行，足足走了将近两个小时，进退不得，三轮车夫累个半死。如今车有四轮，而且马达代替人工，还不知足？

不知足才能有进步。对。不过进步是要一步一步走的，否则便是"大跃进"了。不会走，休想跳。要追赶需从后面加紧脚步向前赶，"迎头赶上"怕没有那样的便宜事。

外国的计程车大抵都是较高级的车，钻进去不至于碰脑袋，坐下来不至于伸不开腿，走起来平平稳稳，不至于蹦蹦跳跳。即使不是高级车，多数是干干净净的。开车的人衣履整齐，从没有赤脚穿拖鞋或是穿背心短裤的。但是他们的计程车并不满街跑，不是招手就来的。如果大清早到飞机场，有时候还需前一晚预约，而且车资之高，远在我们的之上。初履日本东京的人，坐计程车由机场到市内，看着计程表由一千两千还往上跳，很少人心脏不跟着猛跳的。我们的计程车，全是小型低级的，且不要问什么自制率，就算它是国货吧，这不足为耻（我们有的是高级大轿车，那是达官巨贾用的，小民只合坐小车）。一个五英尺六英寸高的人坐在车里，头顶就会和车顶摩擦。车垫用手一摸，沙愣愣的全是尘土，谁知道哪里来的这么多灰尘。不过若能佝偻着身子钻进车厢，拳着腿坐下，这也就很不错了。我们的计程车会进步的，总有一天会进步到数目渐渐减少，价格渐渐提高到大家坐不起而不得不自己买车开车，现在计程车满街跑，应该算是畸形的全盛时代，不会久。

　　计程车司机劫财施暴的事偶有所闻，究竟是其中的极少数。我个人所遇到的令人恼火的司机只有下述几个类型。长头发一脸渍泥，服装不整。当然士大夫也有囚首垢面的，对计程司机也就不必深责。曾经有一阵子要司机都穿制服，若要统一服装，没有希特勒一般的蛮干的力量能办得通么？有时候他口里叼着一根纸烟开车，风吹火星直扑后座，我请他不要吸烟，他理都不理，再请求他一遍他就赌气把烟向窗外一丢，顺势啐一口，唾沫星子飞到我脸上来。又有些个雅好音乐，或是误会乘客都是喜欢音乐的，把音响开得震耳欲聋（已经相当聋的也吃不消），而所播唱的无非是那些靡靡之音。我请他把声音放小一些，他勉强从命，老大不愿意的作象征性的调整，我请他干脆关掉，这下子他可光火了，他说："这车子是我的！"显然的他忘记了付车资的人暂时也有一点权利可以主张。但是我没有作声，我报以"沉默的抗议"。更有一回，司机以为我是人生地不熟的外来客，南辕北辙的大兜圈子。我发现有异，加以指正。他恼羞成怒，立刻脸红脖子粗，猛踩油门，突转硬弯，在并不十分空荡的路面上蛇行急驶，遇到红灯表演紧急刹车。我看他并没有与我偕亡的意思，大概只是要我受一点刺激，紧张一下而已。为了使他满足，我紧握把手，故作紧张状，好像是准备要和他同归于尽的样子。遇到这样的事，无需惊异，天下是有这等样的人，不过偶然让我遇到罢了。从前人说，同搭一条船便是缘。坐计程车，亦然。遇上什么样的司机也是前缘注定、没得说。

绝大多数司机是和善的。尤其是年纪比较大些的,胖胖墩墩的,一脸的老实相,有些个还颇为健谈。

"老先生哪里人呀?"

"北平。"

"我一听就知道啦。"

"您高寿啦?"

"还小呢,八十出头。"

"喝!"他吓一跳,"保养得好!"

就这样攀谈下去,一直没个完,到我下车为止。更有些个善于看相,劈头就问:

"您在什么地方上班?"

我没作声。他在反光镜中再瞄我一眼,自言自语的说:"不像是做官的。"我哼了一声。他又补充一句:"也不像做买卖的。"他逗起了我的好奇,我就反问:

"你说我像是干什么的呢?"

"大约是教书的吧?"我听到心头一凛,被他一语摸清了我的底牌。退休了二十年,还没有褪尽穷酸气。

又有一次我看见车里挂着一张优良驾驶奖状,好像是说什么多少年未出事故。我的几句赞扬引出司机的一番不卑不亢的话:"干我们这一行的,唉,要说行车安全,其实我们只有百分之五十的把握。"说到这里话一顿,他继续说,"另外百分之五十是操在别人手里。"我深韪其言,其实无论干哪一行,要成功当然靠自己,然而也要看因缘。

鬼

我不信有鬼，除非我亲眼看见鬼。

有人说他亲眼见过鬼，但是我不信他说的话。也许他以为他看见了鬼，其实那不是鬼，杯弓蛇影，一场误会。也许他是有意捏造故事，鬼话连篇，别有用心。

更多的人说，他自己虽然没有见过鬼，可是他有一位亲近而可信赖的人确实见过鬼，或是那亲近而可信赖的人他又有一位亲近而可信赖的人确实见过鬼，言之凿凿，不容怀疑。他不是姑妄言之，而我却是姑妄听之。我不信。

英国诗人雪莱在牛津时作《无神论之必然性》，否认上帝之存在，被学校开除。他所举的理由我觉得有一项特别有理。他说，主张上帝存在的人，应该负起举证的责任，证明上帝存在，不应该让无神论者举证来证明上帝不存在。我觉得此一论点亦适用于鬼。谁说有鬼，谁就应该举证，而且必须是客观具体确实可靠的证据，转口传说都不算数。

王充《论衡》之《论死》《订鬼》诸篇，亟言"人死不为鬼"，"凡天地之间有鬼，非人死精神为之也，皆人思念存想之所致也。"王充是东汉人，距今约两千年，他所说的话虽然未能全免阴阳五行之说的习气，但在那个时代就能有那样的见识，实在难能可贵。他说："夫为鬼者，人谓死人之精神。如审鬼者，死人之精神，则人见之，宜徒见裸袒之形，无为见衣带被服也。……"这话有理，若说人死为鬼，难道生时穿着的衣服也随同变为鬼？

我不信有鬼，但若深更半夜置身于一个阴森森的地方，纵无鬼影幢幢，鬼声啾啾，而四顾无人，我也会不寒而栗。这是因为从小听到不少鬼故事，先入为主，总觉得昏黑的地方可能有鬼物潜伏。小时候有一阵子，我们几个孩子每晚在睡前挤在父亲床前，听他讲一段《聊斋》的鬼狐故事。《聊斋》的笔墨本来就好，经父亲绘影绘声的一讲，直听得我们毛发倒竖。我知道那是瓜棚豆架野老闲聊，但是小小的心灵里，从此难以泯尽鬼物的可怕的阴影。

虽然我没有"雄者吾有利剑，雌者纳之"那样的豪情，我并不怕鬼。如果人死为鬼，我早晚也是一鬼，吾何畏彼哉？何况还有啖鬼的钟馗为人壮胆？我在清华读书的时候，有一次冬寒之夜偕二三同学信步踱出校门购买烤白薯，时月光如水，朔风砭骨，而我们兴致很高，不即返回宿舍，竟觅就近一所坟园，席地环坐，分食白薯。白杨萧萧，荒草没胫，我们不禁为之愀然，食毕遂匆匆离去。然亦未见鬼。

在青岛大学，同事中有好事者喜欢扶乩，尝对我说李太白曾经降坛，还题了一首诗。他把那首诗读给我听，我就不禁失笑，因为不仅词句肤浅，而且平仄不调，那位诗鬼李太白大概是仿冒的。不过仿冒归仿冒，鬼总是鬼。能见到一位诗鬼题一首不够格的歪诗，也是奇缘，我就表示愿意前去一晤那位鬼诗人。他欣然同意，约定某日的一夜，那一天月明风清，我到了他住的第八宿舍，那地方相当荒僻，隔着一条马路便是一片乱葬冈。他取出沙盘，焚香默祷，我们两人扶着乩笔，俄而乩笔动了。二人扶着乩笔，难得平衡，乩笔触沙，焉有不动之理？可是画来画去，只见一团乱圈，没有文字可循。朋友说："诗仙很忙，怕是一时不得分身。现在我们且到马路那边的乱葬冈，去请一位闲鬼前来一叙。"我想也好，只要是鬼就行。我们走到一座墓前，他先焚一点纸钱，对于鬼也要表示一点小意思。然后他又念念有词，要我掀起我的长袍底摆，作兜鬼状，把鬼兜着走回宿舍。我们再扶乩，乩笔依然是鬼画符，看不出一个字。我说这位鬼大概不识字。朋友说有此可能，但是他坚持"诚则灵"的道理，他怪我不诚。我说我不是不诚，只是没有诚到盲信的起步。他有一点愠意，最后说出这样的一句："神鬼怕恶人。"鬼不肯来，也就罢了，我不承认我是恶人。我无法活见鬼而已。

我的舅父在金华的法院任职很久，出名的廉明方正，晚年茹素念佛，我相信他不诳语。有时候他公事忙，下班很晚，夜间步行回家，由一个工人打着灯笼带路。走着走着，工人趑趄不前，挤在舅父身边小声说："前面有鬼！"这时候路上还有别的行人。工人说："你看，那一位行人就要跌跤了，因为鬼正预备用绳索绊倒他。"话犹未了，前面那位行人扑通一声跌倒在地。舅父正色曰："不要理会，我们走我们的路。"工人要求他走在前面，他打着灯笼紧随在后。二人昂然走过，亦竟无事。这样的事发生不止一次，舅父也觉得其事甚怪。我有疑问，工人有何异禀，独能见鬼，而别人不能见？鬼又何所为，作此促狭之事，而又差别待遇择人而施？我还是不信有鬼。

　　鬼究竟是什么样子？也许像"乌盆计"或"活捉三郎"里的那个样子吧？也许更可怕，青面獠牙，相貌狰狞。哈姆雷特看见他父王的鬼，并不可怕，只是怒容满面，在舞台上演的时候那个鬼也只是戎装身上蒙一块白布什么的。人死为鬼，鬼的面貌与生时无殊。吊死鬼总是舌头伸得长长的，永远缩不回去。我不解的是：人是假借四大以为身，一死则四大皆空，面貌不复存在，鬼没有物质的身躯，何从保持其原有相貌？我想鬼还是在活人的心里。疑心生暗鬼。

好汉

从前北平每逢囚犯执行死刑之前,照例游街示众,囚犯五花大绑,端坐大敞车上,背上插着纸标,左右前后都有士兵簇拥,或捧大令,或持大刀,招摇过市,直赴刑场。刑场早先在珠市口,到了民国改在天桥。沿途有游手好闲的人一大群。尾随着囚车到天桥去看热闹。押着死囚去就戮,这一行叫做"出大差",又称"出红差"。

我从未去过天桥,可是在路上遇见过出大差的场面。囚犯面色如土,一副股栗心悸的样子,委实令人看了心伤,不过我们也只能报以一声叹息。有些囚犯,犯了滔天大罪,而犹强项到底,至死不悔,对着群众大吼大叫:"这算不了什么,过二十年又是一条好汉!大家给我捧个场吧!"于是群众就轰然的齐声报以"好!"囚犯脸上微微露出一抹苦笑。他以好汉自命,还想下一辈子投生为人,再度作违法乱纪的勾当,再充好汉。群众报以一声好,隐隐含着一点同情的意思。好像是颇近于匪徒杀人伏法之后还有人致送"宁死不屈""天妒英才"之类的挽幛一般。

一般的说法,仗义任侠的人才算是好汉。《水浒传》二十一回:"江湖上久闻他是个及时雨宋公明——是个天下闻名的好汉。"宋江算不算得好汉,似乎值得研讨。说他及其一伙是江湖上的好汉,大致是不错的。他在浔阳楼上醉后题反诗:有什么"他年若遂凌云志,耻笑黄巢不丈夫"之句,口气好大,就不仅是仗义任侠,他想造反,并且想要和黄巢较量一下杀人的纪录。造反不一定就是错,"官逼民反"的时候多半错在官。造反而能有宗旨,有计划,有气度,若是成功便是王侯,败就是贼。如果仅是激于义愤,杀人放火,不择手段,不计后果,虽然打着"替天行道"的幌子,最多只能算是江湖上的好汉。然而江湖好汉亦不易为,盗亦有道,好汉也有他一套的规律。宋江自有他不可及处。至少他个人不大贪财。弄到大笔财物之后大家分,他并不独吞,所以不发生分赃不均或黑吃黑的情事。大块肉、大碗酒,大家平起平坐,谁也没有贵宾卡。

英国有一套传统的有关罗宾汉的歌谣。据说罗宾汉是个亡命徒,精于射箭,藏身在森林之中,神出鬼没,玩弄警长于股掌之上,但是他有义气,他劫富济贫,他保护妇孺,有些像是我们所熟悉的江湖好汉。但是这一伙强人并无大志,一味的乐天放肆,和官府豪富作对,吐一口胸中闷气而已。有人说罗宾汉根本无其人，是好事者诌出来的故事，但是也有人说确有其人，本来是亨丁顿伯爵，化名为罗宾汉，据说他被人陷害之后，墓地还有一块石碑，写明死期是一二四六年十二月二十四日。无论如何，罗宾汉算是好汉。

我国古时有较为高级而且正派的好汉。《旧唐书》卷八十九《狄仁杰传》，有这样一段：

> 则天尝问仁杰曰："朕要一好汉任使,有乎？"
> 仁杰曰："陛下作何任使？"
> 则天曰："朕欲待以将相。"
> 对曰："臣料陛下若求文章资历,则今之宰臣李峤苏味道亦足为文吏矣。岂非文士龌龊,思得奇才,用之以成天下之务者乎？"
> 则天悦曰："此朕心也。"
> 仁杰曰："荆州长史张柬之,其人虽老,真宰相才也。且久不遇。若用之。必尽节于国家矣。"
> 则天……后竟召为相。柬之果能复兴中宗……

武则天虽然有些地方不理于人口，但是她知人善任，她想求一好汉任使，使为将相，而且她肯听狄仁杰的话！能"成天下之务"的奇才，才算是好汉。这种好汉不但志节高超，远在任侠使气的好汉之上，亦非器量局狭拘于小节的"龌龊"文士所能望其项背。但是这种好汉也要风云际会才能有所作为。

我们现在心目中的好汉，其标准不太高。俗语说："好汉不怕出身低。"这句话有多方面的暗示，其中之一是挑筐卖菜者流只要勤俭奋发，有朝一日，也可能会跻身于豪富之列。如果他长袖善舞，广为结纳，也可成为翻云覆雨炙手可热的好汉。凡是能屈能伸，欺软怕硬，顺风转舵，蝇营狗苟的人，此人也常目之为好汉，因为"好汉不吃眼前亏"。时来运转，好汉也有惨遭挫败的时候，他就该闭关却扫，往日的荣华不必再提，因为"好汉不提当年勇"，如果觉得斤斗栽得冤枉，也不必推诿抱怨，因为"好汉打落牙，和血吞"。好汉固当如是。无论就哪一个层面上讲，好汉应该是特立独行敢作敢当的顶天立地的一条汉子。"富贵不能淫，贫贱不能移，威武不能屈。"

球赛

凡是球赛都多少具有一些战斗意味。双方斗智斗力斗技,以期压倒对方,取得胜利。人,本有好斗的本能,和其他的动物无殊。发泄这种本能之最痛快的方法,莫如掀起一场战争。攻城略地,血流漂杵,一将成名万骨枯,代价未免太大。如果把战斗的范围缩小,以一只球作为争夺的对象之象征,而且制订时间,时间一到立刻鸣金收兵,画定规则,犯规即予惩罚不贷,这样一来则好勇斗狠的本能发泄无遗,而好来好散,不伤和气。所以球赛之事,到处盛行。球赛不仅是两队队员在拼你死我活,还一定包括奇形怪状如中疯魔的啦啦队,以及数以千计万计摇旗呐喊的所谓球迷,是集体的战斗行动。

年轻人戒之在斗,年轻人就是好斗。但是也不限于年轻人。自己不斗，斗鸡、斗蟋蟀、斗鹌鹑也是好的。看赛狗赛马也很过瘾。就是街上狗打架，也会引来一圈人驻足而观。何况两队精挑细选的赳赳壮汉，服装鲜明，代表机关团体，堂堂的进入场地对决？

球赛之事，学校里最盛行。我在小学念书的那几年就常在上体操的时候改为踢足球。一班分为两队，不过一切都很简陋。有球场但是没有粉灰界限，两根竹竿插地就算是球门，皮球要用口吹气，后来才晓得利用脚踏车的唧筒。无所谓球鞋，冬天穿的大毛窝最适用。有时候一脚踢出去，皮球和大毛窝齐飞。无所谓制服，其中一队用一条红布缠臂便足资识别。无所谓时限，摇铃下课便是比赛终了。无所谓前锋后卫，除了门守之外大家一窝蜂。一个个累得筋疲力竭汗流浃背，但是觉得有趣。在没有体育课的时候，也会三三五五的聚在一起，找个小橡皮球，随地踢踢也觉得聊胜于无。

我进入清华，局面不同了。想踢球，天天可踢。而且每逢周末，常有校外的球队来赛球，或篮球或足球。校际比赛，非同小可，好像一场球赛的输赢，事关校誉。我是属于一旁呐喊的一群，两只拳头握得紧紧的，直冒冷汗。记得有一次南方来了一支足球劲旅，过去和清华在球上屡次见过高低，这回又来挑衅，旧敌重逢，分外眼红。清华摆出的阵式：前锋五虎、居中徐仲良、左姚醒黄、右关颂韬、右翼华秀升、左翼小邝（忘其名）、后卫李汝祺、门守陆懋德等。这一场鏖战，清华赢了，结果是星期一全校放假一天，信不信由你，真有这种事。更奇怪的是，事隔约七十年，我还记得，印象之深可想。篮球赛也是一样的紧张刺激。记得城里某校的球队实力很强,是清华的劲敌,其中有一位特别的刁钻难缠,头额上常裹一条不很干净的毛巾,在乱军之中出出入入,一步也不放松,非达到目的不止,这位骁将我特别欣赏,不知其姓名,只听得他的伙伴喊他作"老魏"。老魏如仍健在,应该是九十岁左右了。

球场里打球,有时候也会添一段余兴作为插曲,于打球之外也打人。球员争球,难免要动肝火,互挥老拳,其他的队员及啦啦队球迷若是激于"团队精神"一齐进场参战,一场混战就大有可观了。英国人讲究"运动员精神",公平竞技,而有礼貌,尤其是要输得起,不失君子风度。这理想很高,做起来不易。不要相信英国人个个都是绅士。最近一大群英国球迷在布鲁塞尔球场上大暴动,在球赛尚未开始就挤倒一堵墙,压死好几十意大利球迷,英国方面只阵亡一人,于球迷混战之中大获全胜。这是什么"运动员精神"!比较起来,前不久北平香港足球之战,北平球迷在输了球之后见外国人就打,见汽车就砸,尚未闹出命案,好像是文明多了。

"君子无所争,必也射乎!"就是射也有一套射礼。"揖让而升,下而饮,其争也君子。"这是孔子说的话(见《礼记·射义》),"射求正诸己,己正然后发,发而不中,则不怨胜己者,反求诸己而已矣。"如果球赛中,输的一方能"不怨胜己者",只怪自己技不如人,那么就不会有何纷争,像英国球迷之类的胡闹也永不会发生。我们中国古代有所谓"蹴鞠",近于今之足球。刘向《别录》:"蹴鞠者,传言黄帝所作,或曰起战国时。"《文献通考》:"蹴球,盖始于唐。植两修竹,高数丈,络网于上为门以度球。球工分左右朋,以角胜负。岂非蹴鞠之变欤?"《水浒传》里也提到宋朝"高俅那厮,蹴得一脚好球。"可见足球我们古已有之,倒是史乘中尚未见过像英国球迷那样滋事的丑态。

据传说李鸿章看了外国人打篮球,对左右说:"那么多人抢一只球,累成那样子,何苦!我愿买几个球送给他们,每人一只。"不管这故事是否可靠,我们中国人(至少士大夫阶段)不大好斗,恐怕是真的。可是他还没见到美国足球比赛,他看了会觉得像是置身于蛮貊之乡。比赛前夕照例有激励士气的集会(pep meeting),月黑风高之夜,在旷野燃起一堆烽火,噼噼啪啪的响,球员手牵着手,围绕着熊熊烈火又唱又跳又吼,火光把每个人的脸照得狰狞可怖杀气腾腾。印第安人出战前夕举行的仪式,大概就是这个样子。翌日比赛开始,一个个像是猛虎出柙,一个人抱着球没命的跑,对方的人就没命的追,飞身抱他的大腿,然后好多好多的人赶上去横七竖八的挤成一堆。蚂蚁打仗都比这个有秩序!

偏 方

一位酱油公司的老板,患有风湿和糖尿的病症,听信日本人的偏方,大吃螺肉寿司,结果全家五口染上病毒,并且殃及友人和司机。目前已有两位不治!老板本人尚在病榻上挣扎,其夫人已有一目失明(后来还是死了)。病从口入,没有什么稀奇,想不到有人会生吃螺肉,蘸上一点芥末硬往口里塞。

何谓偏方?凡非正式医师所开之非正常的药方,或非正常的治疗方法,皆是偏方。医师本无包治百病的能力,许多病症不是药石所能奏效的。病家情急乱投医,仍然不见起色,往往就会采纳热心而又好事的人所献的偏方。姑且一试,死马当活马医。而且偏方所用药物多属寻常习见,性非酷烈,所以大概是有益无损。毛病就常出在这有益无损上。

自从燧人氏钻木取火。我们老早就脱离了茹毛饮血的阶段而知道熟食,奈何隔了数千年仍不能忘情于吃生鱼、生虾、生蟹、生螺?说吃生螺能治风湿糖尿,如果有医学的根据,至少应该注意到其中有无寄生的虫类。何况风湿糖尿现在尚无"根治"的方法,一个偏方就能治病,天下有此等便宜事!笔者患糖尿久矣,风湿亦时常发作。针灸对于神经系统的疾病确有或多或少的功效,有理论、有实验,不算是偏方。糖尿在我们中国有悠久历史,自从文园病渴,迄今好几千年,实际上没有方法可以根治。凡是说可以根治的,都是不负责的夸张语。至于偏方更是无稽之谈了。有一位素不相识的人,还道辱书,附带寄来一包药草,据他说是他母亲亲自上山采集的药草,专治糖尿。这一包无名的药草,黑不溜秋,半干半软,教我如何敢于煎服下肚?我只好复书道谢,由衷的道谢。又有一位熟识的朋友,膀大腰圆,一棒子打不倒,自称是偏方专家,可以活到一百二十岁(结果打了六折),听说我患糖尿,便苦口婆心的劝我煎玉蜀黍须,代茶饮,七七四十九天,就会霍然而愈。看我迟迟没有照办,便自己弄来一大包玉蜀黍须送上门来,逼我立刻煎汤。看着我咕嘟咕嘟的喝下一大碗,他才扬长而去。

玉蜀黍须作汤,甜滋滋的,喝下去真真是有益无损,但是与糖尿似乎是风马牛。

有些偏方实在偏得厉害,匪夷所思。匐行疹是一种皮肤病,患者腰际神经末梢发炎,生出一串的疱疹,有时左右各一串,形似合围之势,极为疼痛。西医无法处理,只能略施镇定解痛之剂,俟其自行复元。此地中医某,有秘方调制药粉,取空心菜（即蕹菜）砸成泥，加入药粉混拌，有奇效。但是又流行一个偏方，就离奇得可笑了，其法是以毛笔蘸雄黄酒，沿着患处写一行字："斩白蛇，起帝业，高祖在此。"匐行疹俗名转腰龙，龙蛇本相近，汉高祖是赤帝子，赤帝子斩白帝子，一物降一物。雄黄为五毒药之一，蛇为五毒虫之一，以毒攻毒，自然攻无不克，无知的人听起来好像入情入理！

某公得怪病，食不下咽，睡不得安，面黄肌瘦，形容枯槁，摇摇晃晃，气若游丝。服用维他命，注射荷尔蒙，投以牛黄清心丸，猛进十全大补汤，都不见效。不知他从哪里搜得偏方，吃产妇刚刚排出的胞衣，越新鲜的越好。（中药"紫河车"是干燥过的胎盘，药力差。）于是奔走于妇产科医院，每天都能如愿以偿，或清炖，或红烧，变着花样享用，滋味如何只有他自己知道。说也奇怪，吃了三十多个胞衣之后，病乃大瘥。究竟其间有无因果关系，谁知道。任何病症，不外三种结果：一个是不药而愈，一个是药到病除，一个是医药罔效。胞衣这个偏方有无功效，待考。

记不得是治什么病的一个偏方，喝童子便。最好是趁热喝。案：人的排泄物列入本草的有"人中黄""人中白"二味。人屎："腊月截淡竹，去青皮，浸渗取汁，治天行热疾中毒，名粪清。浸皂荚甘蔗，治天行热疾，名人中黄。"溺白垽："滓淀为垽，此乃人溺澄下白垽也，以风久日干者为良。"一曰取汁，一曰风久，究竟不是要人大嘴吃屎大口喝溺，童子便则是直接取饮，人非情急，恐怕未肯轻易尝试。

有些偏方比较简单易行。不知是什么人的发现，蛇胆可以明目。捕蛇者乃大发利市。市上公开宰蛇，取出蛇胆，纳小酒杯中，立刻就有顾客仰着脖子囫囵吞了下去，围观者如堵。又有人想入非非，根据吃什么补什么的原理，喜食牛鞭，生鲜的牛鞭，当中剖开切成寸许断片，细火高汤清炖，片片浮在表面。曾在某公宴席上看到这一异味，我未敢下箸，隔日问同席猛吃此物的某君有无特别感受，他说需要常吃才行，偶吃一次不能立竿见影。

患痔的人很多，偏方也就不少。有人扬言每天早起空着肚子吃两枚松花皮蛋，有意想不到之效力。可惜难得有人持之以恒，更可惜无人作实验的统计或药理的分析。假如皮蛋铅分过多，就令人望而生畏，治一经损一经，划不来。

伤风寻常事，也有偏方不离吃的范围。据说常吃鸡尖，即鸡的尾端翘起处，包括不雅的部位及其附近一带，一咬一汪子油，常吃即可免于伤风的感染。有此一说，信不信由你。又有人说土鸡炖柠檬也同样有效。

我无意把所有偏方一笔抹煞。当初神农尝百草，功在万世，传说他有一个水晶肚子。偏方未尝不可一试，愿试者尽管试。不过像华佗的漆叶青散，据说"久服可以去三虫利五脏，轻体，使人头不白"，我还是不敢试。

厌恶女性者

不要以为男人都是好色之徒,也有厌恶女性者。

《周书列传》第四十,萧统三子萧詧,曾在江陵称帝八载,据说他"少有大志,不拘小节……性不饮酒,安于俭素……尤恶见妇人,虽相去数步,遥闻其臭。经御妇人之衣,不复更著"。

一个曾临九五的人,无论在位如何短暂,疆土如何狭小,我们可以想象内宫粉黛,必极其妍。而萧詧恶见妇人,事属不经,似难索解。女人离他数步之遥,他就闻到她的臭味,更是离奇,难道他遇到的妇人个个都患狐臭?因思古时淳于髡一斗亦醉,一石亦醉,最欢畅的时候是"州闾之会,男女杂坐……前者堕珥,后有遗簪"。"男女同席,履舄交错……主人留髡而送客，罗襦襟解，微闻芗泽。"芗泽就是指女人身上散发出来的一股特殊的香气。淳于髡说的大概是实话。这种香气须在相当亲近肌肤的时候才能闻到。《红楼梦》里宝玉不是就曾一再勉强的要闻黛玉的袖口么？只因袖口里有芗泽。这种香气，萧詧大概是无缘消受。不过萧詧雅好佛理，曾有《内典华严般若法华金光明义疏四十六卷》的著作行世，也许因潜心佛理而厌恶女色，亦未可知。可是事实上他生了八个儿子，死时才四十四岁，这又怎么说？

　　厌恶女性者，英文叫做 misogynist，在文学作品中有时也有很率直的描述。例如：十六世纪作家约翰·黎利（John Lyly）所作《优浮绮斯》（Euphues），其中有一封长信，是优浮绮斯在离开那不利斯返回雅典时写给他的一位朋友及一般痴情男子的。这封信号称为"戒色指南"（The Cooling Card）。其言曰：

　　　　"她如果贞洁，必定拘谨；如果轻佻，必定淫荡；如是严肃的婆娘，谁肯爱她？如是放浪的泼妇，谁愿娶她？如是侍奉灶神的处女，她们是誓不嫁人的；如是追随爱神的信徒，她们是势必荒淫的。如果我爱一个美貌的，势必引起嫉妒；如果我爱一个貌寝的，会要使我疯狂。如果生育频繁，则负担有增无已；如果不能生育，则我的罪孽愈发深重；如果贤淑，我会担心她早死；如果不淑，我会厌恶她长寿。"把女人说得一无是处，其结论是"避免接近女人"。优浮绮斯的私行并不谨饬，被蛇咬过一回，以后见了绳子也怕。所以他的厌恶女性的论调实是有感而发。

异性相吸,男女相悦,乃是常情。至于溺于女色者,如纣王之宠妲己,幽王之宠褒姒,以至于亡国,则罪不全在妲己与褒姒,纣王幽王须负更大之责任。只因佳人难再得,遂任其倾城倾国,昏君本人之罪责岂容推诿?赵飞燕的女弟刚接进官,就有人在背后议论:"此祸水也,必将灭火。"汉得火德而兴,是否因此一女子而澌灭,且不去管它,"祸水"一词从此成了某些女性的代名词。西谚有云:"任何事故,追根问底,必定有个女人。"话并不错,不过要看怎样解释。一个人在事业上有所成就,很大部分是因为家有贤妻,一个人一生中不闯大祸,也很大部分是因为家有贤妻。"女人是水做的,男人是泥做的",是女性崇拜的说法,指女人为祸水,是厌恶女性者的口头禅。

风水

何谓风水?相传郭璞所撰《葬书》说:"葬者乘生气也。经曰,气乘风则散,界水则止。古人聚之使不散,行之使有止,故谓之风水。"这话好像等于没说。揣摩其意,大概是说,丧葬之地需要注意其地势环境,尽可能的要找一块令人满意的地方。至于什么"气乘风则散,界水则止",就有点近于玄虚,人死则气绝,还有什么气散气止之可说?

葬地最好是在比较高亢的地方,因为低隰的地方容易积水,对于死者骸骨不利;如果地势开阔爽朗,作为阴宅,子孙看着也会觉得心安。这都是可以理解的。不过一定要寻龙探脉,找什么"生龙口",那就未免太难。堪舆家所谓的各种各样的穴形,诸如"五星伴月形""双燕抱梁形""游龙戏水形""美女献花形""金凤朝阳形""乌鸦归巢形""猛虎擒羊形""骑马斩关形"……无穷无尽的藏风聚气的吉穴之形，堪舆家说得头头是道，美不可言。我们肉眼凡胎，不谙青乌之术，很难理解，只好姑妄听之。更有所谓"阴刀出鞘形"者，就似乎是想入非非了。

吉穴的形势何以能影响到后代子孙的发旺富贵，这道理不容易解释。历来学者有许多对于风水之说抱怀疑态度。《张子全书》："葬法有风水山冈之说，此全无义理。"全无义理，就是胡说乱道之意。司马光《葬论》："《孝经》云：'卜其宅兆。'非若今阴阳家相其山冈风水也。"他也是一口否定了风水的说法。可是多少年来一般民众卜葬尊亲，很少不请教堪舆家的，好像不是为死者求福，而是为后人的富贵着想。活人还想讨死人的便宜。死人有剩余价值，他的墓地风水还能给活人以福祉灾殃！"不得三尺土，子孙永代苦。"真有这种事么？

有人仕途得意，历经宦海风波，而保持官职如故，人讽之为五朝元老，彼亦欣然以长乐老为荣。或问其术安在，答曰："祖坟风水佳耳。"后来失势，狼狈去官，则又曰："听说祖坟上有一棵大树如盖，乃风水所系，被人砍去，遂至如此。"不曰富贵在天，乃云富贵在地！在一棵树！

人做了皇帝，都以为是子孙万世之业，并且也知道自古没有万岁天子，所以通常在位时就兴建陵寝。风水之佳，规模之大，当然不在话下。我曾路过咸阳，向导遥指一座高高大大的土丘说："那就是秦始皇墓。"我当然看不出那地方风水有什么异样，我只知道他的帝祚不永，二世而斩。近年来他的坟墓也被掘得七零八落了。陵寝有再好不过的风水，也自身难保，还管得了他的孝子贤孙变成为飘萍断梗？近如清朝的慈禧太后，活的时候营建颐和园，造孽还不够，陵寝也造得坚固异常，然而曾几何时禁不住孙殿英的火药炮轰，落得尸骨狼藉。或曰："这怪不得风水，这是气数已尽。"既讲风水，又说气数，真是横说横有理，竖说竖有理。

阴宅讲风水，阳宅焉能不讲？民间最起码的风水常识是大门要开在左方。《礼记·曲礼上》："行，前朱鸟而后玄武，左青龙而右白虎。"其实这是说行军时旌旗的位置。后来道家思想才以青龙为最贵之神，白虎为凶神。门开在右手则犯冲了太岁。迄今一般住宅的大门（如果有大门）都是开在左方的。大家既然尚左，成了习俗，我们也就不妨从众。我曾见有些人家，重建大门，改成斜的，是真所谓"斜门"！吉凶祸福，原因错综复杂，岂是两扇大门的位置方向所能左右？车靠左边走，车靠右边行，同样的会出车祸。

不知道为什么别人家的山墙房脊冲着我家就于我不利。普通的禳避之法是悬起一面镜子，把迎面而来的凶煞之气轻而易举的反照回去，让对方自己去受用。如果镜子上再画上八卦，则更有除邪压胜的效力。太上老君诸葛孔明和捉鬼的道士不都是穿八卦衣么？

据说都市和住宅的地形也事关风水，不可等闲视之。《朱子语录》："古今建都之地，莫过于冀，所谓无风以散之，有水以界之也。"可是看看那些建都之地，所谓的王气也都没有能延长多久，徒令后人兴起铜驼荆棘之感。北平城墙不是完全方方正正的，西北角和东南角都各缺一块，据说是像"天塌西北地陷东南"，谁也不知道这究竟起了什么作用。只知道如今城墙被拆除了。住宅的地形如果是长方形，前面宽而后面窄，据说不仅是没有裕后之象，而且形似棺木，凶。前些年我就住过这样的一栋房子，住了七年，没事。先我居住此房者，和在我以后迁入者，均奄忽而殁，这有什么稀奇，人孰无死？有一位朋友，其家背山面水，风景奇佳，一日大雨山崩，人与屋俱埋于泥沙之中。死生有命，非关风水。

近来新官上任，从不修衙，那张办公桌子却要摆来摆去，斟酌再三，总要摆出一个大吉大利的阵式。一般人家安设床铺也要考虑，大概面西就不大好，怕的是一路归西。西方本是极乐世界所在，并非恶地。床无论面向何方，人总是一路往西行的。

客有问于余者曰："先生寓所，风水何如？"我告诉他，我住的地方前后左右都是高楼大厦，我好像是藏身谷底，终日面壁，罕见阳光，虽然台风吹来，亦不大有所感受，还说什么风水？出门则百尺以内，有理发馆六七处，餐厅二十多家，车龙马水，闹闹哄哄，还说什么风水？自求多福，如是而已。

天气

熟人相见，不能老是咕嘟着嘴，总得找句话说。说什么好呢？一时无话可说，就说天气吧。"今天好冷啊。""是呀，好冷好冷。"寒来暑往，天道之常，气温升降，冷暖自知，有什么好说的？也许比某些人见面就问"您吃饭啦？""您喝茶啦？"或是某些染有洋习的人之不分长幼尊卑一律见面就是一声"嗨！"要好得多。拿天气作为初步的谈话资料，未尝不可，我们自古以来，行之久矣，即所谓"寒暄"，又曰"道炎凉"。

天气也真是怪，变化无常。苦了预报天气的人。我看过一幅漫画，画着一位可怜巴巴的预报天气的人向他的长官呈递辞书。长官问他何故倦勤，他说："天气不与我合作。"我看了这幅画，很同情他。他以后若是常常报出明天天气"晴，时多

云，局部偶阵雨"，我不会十分怪他。天有不测风云，教谁预报天气，也是没有太大把握。不过说实话，近年来天气预报，由于技术进步，虽难十拿九稳，大致总算不错。预报正确，没有人喝彩鼓掌，更没有人登报鸣谢。预报离了谱，少不得有人抱怨，甚至大骂。从前根本没有什么天气预报之说，人人撞大运。北方民间迷信，娶妻那天若是天下大雨，硬说是新郎官小时候骑了狗！古人预测天气，有所谓"月晕而风，础润而雨"之说（见苏洵《辨奸论》）。谁能天天仰观天象而且天上亦未必随时有月。至于础，础润由于湿度高，可能是有雨之兆，但是现代房屋早已没有础可寻了。西方人对于预卜天气也有不少民俗传说。例如：蝙蝠飞进屋，牛不肯上牧场，猫逆向舔毛，猪嘴衔稻草，驴大叫，蛙大鸣……都是天将大雨的征兆。有人利用蟋蟀的叫声，在十五秒内听它叫多少声，再加三十七，就等于那一天的气温（华氏表）。又有人编了四句顺口溜：

　　燕子飞得高，
　　晴天，天气好；
　　燕子飞得低，
　　阴天，要下雨。

西太平洋热带附近和中国海的台风是有名的。元忽必烈汗两度遣兵远征日本，不顾天时地利，都遭遇了台风而全军覆没，日本人幸免于难，乃称之为"神风"。我们知道台风是有季节性的。奈何忽必烈汗计不及此？我初来台湾，耳台风之名，相见恨晚，不过等到台风真个来袭，那排山倒海之势，着实令人心惊。记得有一年遇到一个超级的西北台,风狂雨骤,四扇落地窗被吹得微微弯曲,有迸破之虞,赶快搬运粗重家具将窗顶住,但见雨水自窗隙汩汩渗进,无孔不入,害得我一家彻夜未能阖眼。于是听人劝告,赶制坚厚的桧木柙板,等到柙板做成,没有使用几次,竟无大台风来。我们总算幸运,没有北美洲那样强烈的飓风(即龙卷风),风来像一根巨柱,把整栋的房屋席卷上天!我们的台风来前,向有预报,这恐怕要感谢国际合作,以及卫星帮忙。虽然偶有来势汹汹而过门不入的情事,也乐得凉快一阵喜获甘霖,没得可怨。

人总是不知足。不是嫌太热,就是嫌太冷。朔方太冷,冰天雪地,重裘不暖,好羡慕"暖风熏得游人醉"的景况。炎方太热,朱明当令,如堕火宅,又不免兴起"安得赤脚踏层冰"的念头。有些地方既不冷又不热,好像是四季如春,例如我国的昆明便是其中之一。住在这种地方的人应该心满意足没话可说了。然而不然,仍然有人抱怨,说这样的天气过于单调,缺乏春夏秋冬的变化,有悖"天有四时"之旨。好像是一定要一年之中轮流的换着四季衣裳才觉得过瘾。好像是一定要"春有百花秋有月,夏有凉风冬有雪"才算是具有良辰美景赏心乐事。我看天公着实作难,怎样做都难得尽如人意。

久晴不雨则旱,旱则禾稻枯焦。久雨不歇则涝,涝则人其为鱼。这就是靠天吃饭的悲哀。天气之捉弄人,恐怕尚不止此。据气象家的预测,如果太阳的热再加百分之三十,地球上的生物将完全消灭。如果减少百分之三十,地球将包裹在一英里厚的冰层内!别慌,这只是预测,短期内大概不会实现。

礼貌

前些年有一位朋友在宴会后引我到他家中小坐。推门而入，看见他的一位少爷正躺在沙发椅上看杂志。他的姿势不大寻常，头朝下，两腿高举在沙发靠背上面，倒竖蜻蜓。他不怕这种姿势可能使他吃饱了饭呕出来，这是他的自由，我的朋友喊了他一声"约翰！"他好像没听见，也许是太专心于看杂志了。我的朋友又说，"约翰！起来喊梁伯伯！"他听见了，但是没有什么反应，继续看他的杂志，只是翻了一下白眼，我的朋友有一点窘，就好像耍猴子的敲一声锣叫猴子翻斤头而猴子不肯动，当下喃喃的自言自语："这孩子，没礼貌！"我心里想：他没有跳起来一拳把我打出门外，已经是相当的有礼貌了。

礼貌之为物，随时随地而异。我小时在北平，常在街上看见戴眼镜的人(那时候的眼镜都是两个大大的滴溜圆的镜片,配上银质的框子和腿)。他一遇到迎面而来的熟人,老远的就刷的一下把眼镜取下,握在手里,然后向前紧走两步,两人同时口中念念有词互相蹲一条腿请安。我至今不明白为什么二人相见要先摘下眼镜。戴着眼镜有什么失敬之处?如今戴眼镜的人太多了,有些人从小就成了四眼田鸡,摘不胜摘,也就没人见人摘眼镜了。可见礼貌随时而异。

人在屋里不可以峨大冠,中外皆然,但是在西方则女人有特权,屋里可以不摘帽子。尤其是从前的西方妇女,她们的帽子特大,常常像是头上顶着一个大鸟窝,或是一个大铁锅,或是一个大花篮,奇形怪状,不可方物。这种帽子也许戴上摘下都很费事,而且摘下来也难觅放置之处,所以妇女可以在室内不摘帽子。多半个世纪之前,有一次在美国,我偕友进入电影院,落座之后,发现我们前排座位上有两位戴大花冠的妇人,正好遮住我们的视线。我想从两顶帽子之间的空隙窥看银幕亦不可得,因为那两顶大帽子不时的左右移动。我忍耐不住,用我们的国语低声对我的友伴说:"这两个老太婆太可恶了,大帽子使得我无法看电影。"话犹未了,一位老太婆转过头来,用相当纯正的中国话对我说:"你们二位是刚从中国来的么?"言罢把帽除去。我窘不可言。她戴帽子不失礼,我用中国话背后斥责她,倒是我没有礼貌了。可见礼貌也是随地而异。

西方人的家是他的堡垒,不容闲杂人等随便闯入,朋友访问以时,而且照例事前通知。我们在这一方面的礼貌好像要差一些。我们的中上阶级人家,深宅大院,邻近的人不会随便造访。中下的小户人家，两家可以共用一垛墙，跨出门不需要几步就到了邻舍，就容易有所谓串门子闲聊天的习惯。任何人吃饱饭没事做，都可以蹓到别人家里闲嗑牙，也不管别人是否有工夫陪你瞎嚼蛆。有时候去的真不是时候，令人窘，例如在人家睡的时候，或吃饭的时候，或工作的时候，实在诸多不便，然而一般人认为这不算是失礼。一聊没个完，主人打哈欠，看手表，客人无动于衷，宾至如归。这种串门子的陋习，如今少了，但未绝迹。

探病是礼貌，也是艺术。空手去也可以，带点东西来也无妨。要看彼此的关系和身份加以斟酌。有的病人房里花篮堆积如山，像是店铺开张，也有病人收到的食物冰箱里装不下。探病不一定要面带戚容，因为探病不同于吊丧，但是也不宜高谈阔论有说有笑，因为病房里究竟还是有一个病人。别停留过久，因为有病的人受不了，没病的人也受不了，除非是特别亲近的人。我想寄一张探病的专用卡片不失为彼此两便之策。

吊丧是最不愉快的事，能免则免。与死者确有深交，则不免拊棺一恸。人琴俱亡，不执孝子手而退，抚尸陨涕，滚地作驴鸣而为宾客笑都不算失礼。吊死者曰吊，吊生者曰唁。对生者如何致唁语，实在难于措词。我曾见一位孝子陪灵。并不匍伏地上，而是跷起二郎腿坐在椅子上，嘴里叼着纸烟，悠然自得。这是他的自由，然而不能使吊者大悦。西俗，吊客照例绕棺瞻仰遗容。我不知道遗容有什么好瞻仰的，倒是我们的习惯把死者的照片放大，高悬灵桌之上，供人吊祭，比较合理。或多或少患有"恐尸症"的人，看了面如黄蜡白蜡的一张面孔，会心里难过好几天，何苦来哉？在殡仪馆的院子里，通常麇集着很多的吊客，不像是吊客，像是一群人在赶集，热闹得很。

关于婚礼，我已谈过不止一次，不再赘。

饮宴之礼，无论中西都有一套繁文缛节。我们现行的礼节之最令人厌烦的莫过于敬酒。主人敬酒是题中应有之义，三巡也就够了。客人回敬主人，也不可少。惟独客人与客人之间经常不断的举杯，此起彼落，也不管彼此是否相识，也一一的皮笑肉不笑的互相敬酒。有些人根本不喝酒，举起茶杯汽水杯充数。有时候正在低头吃东西，对面有人向你敬酒，你若没有觉察，对方难堪，你若随时敷衍，不胜其扰。这种敬酒的习惯，不中不西，没有意义，应该简化。还有一项陋习就是劝酒，说好说歹，硬要对方干杯，创出"先干为敬"的谬说，要挟威吓，最后是捏着鼻子灌酒，甚至演出全武行，礼貌云乎哉？

高尔夫

　　高尔夫是洋玩意儿，哪一种球戏不是洋玩意儿？半个世纪前，我看到洋人打高尔夫。好像只有豪门巨贾才玩那种球戏，政坛显要不大参预其间。知识分子还不时的加以嘲笑，称之为TBM的消闲之道。TBM是"倦了的商界人士"之简称，多少带有贬义。商业大亨在豪华的办公室内精打细算，很费脑筋，一个星期下来头昏脑胀，颇想到郊外走走，换换空气，高尔夫恰好适合这种要求。

　　一片片的绿草如茵，一重重的冈峦起伏，白云朵朵，暖风习习，置身在这样的环境中，能不心旷神怡？在发球区的球座上放一只小小的坑坑麻麻的白色小球，然后挺直身子，高高举起杆子，扭腰，转身，嗖的一下子挥杆打击出去，由于技术高或是运气好，这一下子打着了，球飞跃在半天空。这时节还不忙着把身体恢复原状，不妨歪着脑袋欣赏那只球的远远的飞腾，自己惊讶自己怎有此等腕力。过几秒钟，开步向前走，自有球童跟着为你背那一袋大大小小的球棒，快步慢步由你，没人催没人赶，一杆一杆的把那小白球打进洞里。打完九个洞或十八个洞，腿也疲了，人也乏了，打道回家，洗澡吃饭。这就是标准的 TBM 周末生活方式。

"高尔夫"源自苏格兰。起初并无光荣历史。大约是在十五世纪初期，在离爱丁堡之北约五十里处的圣安德鲁斯，才有人开始打高尔夫，但是也有人说是起源于荷兰，因为高尔夫是荷兰语，义为杆。更有人说较早的球杆不过是牧羊的曲杖，牧羊人一面看羊群吃草，一面以杖击石为戏。这一说也没有什么稀奇，我们台湾的红叶少棒队当初也是一群穷孩子用树枝木棒打石子苦练成功的。一四五七年，苏格兰王哲姆斯二世时代，议会通过法案："足球与高尔夫应严行取缔。"主要原因是球戏无益，浪费时间，而且不是高雅的消遣。士大夫正当活动应该是练习射箭，我们古代六艺中之所谓"射"，射是保卫国家的技能。哲姆斯四世本人爱打高尔夫，可是他也承认高尔夫耗时无益。人民不听这一套，爱打高尔夫的越来越多。十六世纪中，苏格兰女王玛丽成为历史上第一位出名的高尔夫女将。她呼球童为 Caddie，这是一个法文字，因为她是在法国受过教育的。

高尔夫盛行于美国，是有道理的，那里的 TBM 特别多。据说如今美国有一万二千五百个高尔夫球场（公私合计），打高尔夫的有一千六百万人之多。每年总共投资进去在三亿五千万美元以上。脑满肠肥的人，四体不勤的人，出去活动活动筋骨，总比在灯红酒绿的俱乐部里鬼混，或是在一掷万金的赌窟里消磨时光，要好得多。打高尔夫的不仅是商人了，政界人士也跟踪而进。本来开杂货店的卖花生的摇身一变可以成为总统，做大官的摇身一变也可以成为什么董事长总经理之类，其间没有太大的区别，打高尔夫，有钱就行。有人说，高尔夫应该译为高尔富，不无道理。

日本是战败国，但也是暴发户，而且传统的善于东施效颦。据说高尔夫在日本也大行其道。最近十年中，日本的高尔夫运动的人口已经突破一千万大关。全国每十二个人当中便有一个打高尔夫。全国大大小小的高尔夫球场有三百四十几个。要想打高尔夫需要先行入会，入会费高低不等，最低的日币二三十万元，高的达到二千万至三千万元之数，而以小金井高尔夫球场为最高，高到九千万。会员证可以买卖转让，有行情，可以分期付款。所以高尔夫不仅是消闲运动，还是一种投资，亏得日本人想得出这种鬼主意。

不要说我们台湾地窄人稠，不要说我们的生存空间不多，试看我们的各大都市郊外哪一处没有一两个规模不小的高尔夫球场？其中颇有几个人影幢幢在那里挥杆走动。我是没有资格打高尔夫的，但是"同学少年多不贱"，很有几位是有资格的，好多年前，我去拜访一位老同学，他正在束装待发，要去北投挥杆。说好说歹，把我拉上车去要我陪他去走一程，并告诉我北投球场的担担面很有名，他要请我吃面。我去了，我看了，我吃了，可是事后想想，我付了代价。在草地上走了好几个钟头，只为了看着那个小白球进洞，直走得两腿清酸。一洞又一洞，只好一路向前，义无反顾。吸进的新鲜空气固然不少，喷出去的喘气也很多。好不容易的绕了一个大圈子，绕回出发的地方。朋友没食言，真个请了我吃担担面，当时饥肠辘辘，三口两口吞下肚，也不知道滋味如何。低头看着自己的两只脚，鞋子上沾满了雨露湿泥，归去费了好大劲才刷洗干净。以后还想再去参观别人打高尔夫么？永不，永不，永不！

真有人劝我加入高尔夫的行列。他们说除了消闲运动之外，还有奥妙无穷。我想起了两个故事。一个是晋惠帝九岁时，天下糜沸，民多饥死，帝曰："何不食肉糜？"一个是法国路易十六之后玛丽安朵奈闻人民叫嚣，后问左右，曰："人民无面包吃，故聚众鼓噪。"后曰："何不食蛋糕？"朋友怪我久居都市，心为形役，何不驱车上草原，打个十洞八洞，一吐胸中闷气？我无以为对。我宁可黎明即起，在马路边独自曳杖溜达溜达。

第三辑

利用零碎时间

我常常听人说,他想读一点书,苦于没有时间。我不太同意这种说法。不管他是多么忙,他总不至于忙得一点时间都抽不出来。一天当中如果抽出一小时来读书,一年就有三百六十五小时,十年就有三千六百五十小时,积少成多,无论研究什么都会有惊人的成绩。零碎的时间最可宝贵,但是也最容易丢弃。我记得陆放翁有两句诗,"呼童不应自升火,待饭未来还读书",这两句诗给我的印象很深。待饭未来的时候是颇难熬的,用以读书岂不甚妙?我们的时间往往于不知不觉中被荒废掉,例如,现在距开会还有五十分钟,于是什么事都不做了,磨磨蹭蹭,五十分钟便打发掉了。如果用这时间读几页书,岂不较为受用?至掉在"度周末"的美名之下把时间大量消耗的人,那就更不必论了。他是在"杀时间",实在也是在杀他自己。

一个人在学校读书的时间是最可羡慕的一段时间,因为他没有生活的负担,时间完全是他自己的。但是很少人充分的把握住这个机会,多多少少的把时间浪费掉了。学校的教育应该是启发学生好奇求知的心理,鼓励他自动的往图书馆里去钻研。假如一个人在学校读书,从来没有翻过图书馆的书目卡片,没有借过书,无论他的功课成绩多么好,我想他将来多半不能有什么成就。

英国的一个政治家兼作者 Willam Cobbett（1762—1835）写过一本书《对青年人的劝告》,其中有一段"利用零碎时间",我觉得很感动人,译抄如下：

文法的学习并不需要减少办事的时间,也不需要占去必须的运动时间。平常在茶馆咖啡馆用掉的时间以及附带着的闲谈所用掉的时间——一年中所浪费掉的时间——如果用在文法的学习上,便会使你在余生中成为一个精确的说话者写作者。你们不需要进学校,用不着课室,无需费用,没有任何麻烦的情形。我学习文法是在每日赚六便士当兵卒的时候,床的边沿或岗哨铺位的边沿便是我研习的座位,我的背包便是我的书架子,一小块木板放在腿上便是我的写字台,而这工作并未用掉一整年的工夫。我没钱去买蜡烛油；在冬天除了火光以外我很难得在夜晚有任何光,而那也只好等到我轮值时才有。

如果我在这种情形之下,既无父母又无朋友给我以帮助与鼓励，居然能完成这工作，那么任何年轻人，无论多穷苦，无论多忙，无论多缺乏房间或方便，可有什么可借口的呢？为了买一支笔或一张纸，我被迫放弃一部分粮食，虽然是在半饥饿的状态中。在时间上没有一刻钟可以说是属于自己的，我必须在十来个最放肆而又随便的人们之高谈阔论歌唱嬉笑吹哨吵闹当中阅读写作，而且是在他们毫无顾忌的时间里。莫要轻视我偶尔花掉的买纸笔墨水的那几文钱。那几文钱对于我是一笔大款！除了为我们上市购买食物所费之外，我们每人每星期所得不过是两便士。我再说一遍，如果我能在此种情形下完成这项工作，世界里可能有一个青年能找到借口说办不到吗？哪一位青年读了我这篇文字，若是还要说没有时间没有机会研习这学问中最重要的一项，他能不羞惭吗？

　　以我而论，我可以老实讲，我之所以成功，得力于严格遵守我在此讲给你们听的教条者，过于我的天赋的能力；因为天赋能力，无论多少，比较起来用处较少，纵然以严肃和克己来相辅，如果我在早年没有养成那爱惜光阴之良好习惯。我在军队获得非常的擢升，有赖于此者胜过其他任何事物。我是"永远有备"；如果我在十点要站岗，我在九点就准备好了：从来没有任何人或任何事在等候我片刻时光。年过二十岁，从上等兵立刻升到军士长，越过了三十名中士，应该成为大家嫉恨的对象；但是这早起的习惯以及严格遵守我讲给你们听的教条，确曾消灭了那些嫉恨的情绪，因为每个人都觉得我所做的乃是他们所没有做的而且是他们所永不会做的。

Cobbett这个人是工人之子,出身寒苦,早年在美洲从军,但是他终于因苦读自修而成功,他写了不少的书,其中有一部是《英文文法》。这是一个很感动人的例子。

养成好习惯

人的天性大致是差不多的，但是在习惯方面却各有不同，习惯是慢慢养成的，在幼小的时候最容易养成，一旦养成之后，要想改变过来却还不很容易。

例如说：清晨早起是一个好习惯，这也要从小时候养成，很多人从小就贪睡懒觉，一遇假日便要睡到日上三竿还高卧不起，平时也是不肯早起，往往蓬首垢面的就往学校跑，结果还是迟到，这样的人长大了之后也常是不知振作，多半不能有什么成就。祖逖闻鸡起舞，那才是志士奋励的榜样。

我们中国人最重礼，因为礼是行为的轨范。礼要从家庭里做起。姑举一例：为子弟者"出必告，返必面"，这一点点对长辈的起码的礼，我们是否已经每日做到了呢？我看见有些个孩子们早晨起来对父母视若无睹，晚上回到家来如入无人之境，遇到长辈常常横眉冷目，不屑搭讪。这样的跋扈乖戾之气如果不早早的纠正过来，将来长大到社会服务，必将处处引起摩擦不受欢迎。我们不仅对长辈要恭敬有礼，对任何人都应该维持相当的礼貌。

大声讲话，扰及他人的宁静，是一种不好的习惯。我们试自检讨一番，在别人读书工作的时候是否有过喧哗的行为？我们要随时随地为别人着想，维持公共的秩序，顾虑他人的利益，不可放纵自己，在公共场所人多的地方，要知道依次排队，不可争先恐后的去乱挤。

时间即是生命。我们的生命是一分一秒的在消耗着，我们平常不大觉得，细想起来实在值得警惕。我们每天有许多的零碎时间于不知不觉中浪费掉了。我们若能养成一种利用闲暇的习惯，一遇空闲，无论其为多么短暂，都利用之做一点有益身心之事，则积少成多终必有成。常听人讲起"消遣"二字，最是要不得，好像是时间太多无法打发的样子，其实人生短促极了，哪里会有多余的时间待人"消遣"？陆放翁有句云："待饭未来还读书。"我知道有人就经常利用这"待饭未来"的时间读了不少的大书。古人所谓"三上之功"，枕上、马上、厕上，虽不足为训，其用意是在劝人不要浪费光阴。

吃苦耐劳是我们这个民族的标帜。古圣先贤总是教训我们要能过得俭朴的生活，所谓"一箪食，一瓢饮"，就是形容生活状态之极端的刻苦，所谓"嚼得菜根"，就是表示一个有志的人之能耐得清寒。恶衣恶食，不足为耻，丰衣足食，不足为荣，这在个人之修养上是应有的认识。罗马帝国盛时的一位皇帝，Marcus Aurelius，他从小就摒绝一切享受，从来不参观那些当时风靡全国的赛车比武之类的娱乐，终其身成为一位严肃的苦修派的哲学家，而且也建立了不朽的事功。这是很值得令人钦佩的。我们中国是一个穷的国家，所以我们更应该体念艰难，弃绝一切奢侈，尤其是从外国来的奢侈。宜从小就养成俭朴的习惯，更要知道物力维艰，竹头木屑，皆宜爱惜。

以上数端不过是偶然拈来，好的习惯千头万绪，"勿以善小而不为"。习惯养成之后，便毫无勉强，临事心平气和，顺理成章。充满良好习惯的生活，才是合于"自然"的生活。

独来独往
——读萧继宗《独往集》

狮子和虎,在猎食的时候,都是独来独往;狐狸和犬,则往往成群结队。性情不同,习惯各异,其间并不一定就有什么上下优劣之分。萧继宗先生的集子名曰"独往",单是这个标题就非常引人注意。

萧先生非常谦逊,在自序里说:"我老觉得一旦厕身于文学之林,便有点不尴不尬,蹩手蹩脚之感,所以我自甘永远做个'槛外人'。""这几篇杂文,可说是闭着眼睛写的。所谓闭着眼睛也者,是从没有留心外界的情形,也就是说与外界毫没干涉,只是一个人自说自话,所以叫它《独往集》。"客气尽管客气,作者的"孤介"的个性还是很明显地流露了出来。所谓"自说自话",就是不追逐时髦,不被别人牵着鼻子走,不说言不由衷的话。写文章本应如此。客气话实在也是自负话。

萧先生这二十六篇杂文，确实可以证明这集子的标题没有题错，每一篇都有作者自己的见地，不人云亦云，这样的文章在如今是并不多见的。作者有他的幽默感，也有他的正义感，这两种感交织起来，发为文章，便不免有一点恣肆，嬉怒笑骂，入木三分了。

我且举一个例，就可以概其余。集中《哆嗦》一篇对于"喜欢掉书袋做注解的先生们"该是一个何等的讽刺。我年来喜欢读杜诗，在琉璃厂搜购杜诗各种版本及评解，花了足足二年多的时间买到六十几种。（听说徐祖正先生藏有二百余种，我真不敢想象！）我随买随看，在评注方面殊少当意者。我们中国的旧式的学者，在做学问方面（至少表现在注诗方面者）于方法上大有可议之处。以仇兆鳌的详注本来说，他真是"矻矻穷年"，小心谨慎的注解，然后"缮写完备，装潢成帙"。进呈康熙皇帝御览的，一大堆的资料真积了不少，在数量上远超过以往各家的成绩，可是该注的不注，注也注不清楚，不该注的偏偏不嫌辞费连篇累牍剌剌不休，看起来真是难过。（不仅仇兆鳌注诗如此，他如吴思齐的《杜诗论文》，其体例是把杜诗一首首做成散文提要，也一样的是常常令人摸不着要领。）对于先贤名著，不敢随意讥弹，但是心理确是有此感想。如今读了萧继宗先生的文章，真有先获我心之感，他举出了仇兆鳌所注《曲江》一首为例，把其中的可笑处毫不留情的揭发出来，真可令人浮一大白。萧先生虽未明说，这篇文章实在是对旧式学究的一篇讽刺，研究中国文学的人要跳开"词章"的窠臼，应用新的科学的整理方法方能把"文章遗产"发扬光大起来。

萧先生在最后一篇《立言》里临了说出这么一句：

> 今后想要立言,而且想传世不朽的话,只有一条大路,即是向科学方面寻出路。

这一句可以发人猛省的话。

流行的谬论

有许多俚语俗谚，都是多少年下来的经验与智慧累积锻炼而成。简单的一句话，好像含着颠扑不破的真理。所以在言谈之间，常被摭引，有时候比古圣先贤的嘉言遗训还更亲切动人。由于时代变迁，曩昔的金言有些未必可以奉为圭臬，有些即使仍在流行，事实上也已近于谬论。如要举例，信手拈来就有下面几条：

一、树大自直

一个孩子，缺乏家教，或是父母溺爱，很易变成性情乖张，恣肆无礼，稍长也许还会沾染恶习，自甘堕落。常言道："三岁看小，七岁看老。"悲观的人就要认为这个孩子没有出息，长大了之后大概是败家子或社会上的蠹虫。有些人比较乐观（包括大多数父母在内），却另有想法："没关系，树大自直。""浪子回头千金不换"的故事不是常有所闻的吗？

树大会不会都能自直，我怀疑。山水画里的树很少是直的，多半是欹里歪斜的，甚或是悬空倒挂的。"抚孤松而盘桓。"那孤松不歪不斜便很难去抚。景山上的那棵歪脖树，是天造地设的投缳殉国的装备，至今也没有直起来。当然，山上的巨木神木都是直挺挺的矗立着的，一片片的杉木林全是栋梁之材，也没有一棵是弯曲的。这些树不是长大了才变直，是生来就是直的。堂前栽龙柏，若无木架扶持，早晚会东歪西倒。

浪子回头的事是有的，但是不多，所以一有这种事情发生便被人传诵，算是佳话。浪子而不回头者则滔滔皆是，没有人觉得值得齿及。没出息的孩子变成有出息，我们可以举出许多例子，而没出息的孩子一直没出息到底则如恒河沙数。

树要修要剪，要扶要培。孩子也是一样。弯了的树不会自直，放纵坏了的孩子大概也不会自立。西谚有云："舍不得用板子，便会纵坏了孩子。"约翰孙博士不完全反对体罚，孩子的行为若是不正，在他身上肉厚的地方给几巴掌，他认为最是简捷了当的处理方法。

二、虱多不痒，债多不愁

晋王猛"扪虱而言，旁若无人"，固然是名士风流，无视权势。可是他的大布褂内长满了体虱（有无头虱阴虱我们不知道），那份奇痒难熬，就是没有多少经验的人也会想象得出。嵇康与山巨源绝交，也自称"性复多虱，把搔无已"，作为是不堪"裹以章服揖拜上官"的理由之一。若说虱多不痒，天晓得！

虱不生则已，生则繁殖甚速，孵化很快，虱愈多则愈痒，势必非"倩麻如痒处搔"不可。

对许多人而言，借贷是寻常事。初次向人告贷，也许带有几分忸怩，手心朝上，"口将言而嗫嚅"。既贷到手，久不能偿，心头上不能不感到压力，不愁才怪！债愈多则压力愈大。债主逼上门来，无辞以对，处境尴尬，设若遇到索债暴徒，则不免当场出彩。也许有人要说，近有以债养债之说，多方接纳，广开债源，债额愈大，则借贷愈易，于是由小债而变成大债，挹彼注此，左右逢源，最后由大债而变成呆账，不了了之。殊不知这种缺德之事也不是人尽能为，必其人长袖善舞而且寡廉鲜耻，随时担着风险，若说他心里坦然，无忧无虑，恐亦不然。又有人说，逋不能偿，则走为上计。昔人有"债台高筑"之说，所谓债台即是逃债之台。如今时代进步，欲逃债可以远走高飞，到异乡作寓公，不必自己高筑债台，何愁之有？殊不知人非情急，谁也不愿效狗急之跳墙。身在外邦，也要藏藏躲躲，见不得人，我猜想他的那种生活也不是一个愁字了得。

有虱必痒，债多必愁。

三、老天爷饿不死瞎家雀儿

有人真相信"天地之大德曰生"，对于一切有情之伦挣扎于濒死边缘好像是视若无睹。人间有无法糊口者，有生而残障者，有遭逢饥馑，旱涝蝗灾，辗转沟壑者。他认为不必着慌，"船到桥头自然直"，冥冥之中似有主宰，到头来大家都有饭吃。即使是一只瞎家雀也不会活生生的饿死。

谁说的！我在寒冷的北方就不止一次看到家雀从檐角坠下，显然的是饥寒交迫而死，不过我没有去验它是否瞎的。我记得哈代有一首诗，题曰《提醒者》，大意是说他在耶诞前夕正在准备过一个快乐的夜晚，忽见窗外寒枝之上落着一只小鸟，冻得直哆嗦，饿得啄食一个硬干果，一下子堕下去像个雪球似的死了。他叹道，我难得刚要快活一阵，你竟来提醒我生活的艰难困苦！这是典型的悲观主义者哈代的一首小诗，他大概不知道我们的那句俗话"老天爷饿不死瞎家雀儿"。麻雀微细不足道，但是看看非洲在旱灾笼罩之下，多少人都成了饿殍，白骨黄沙，惨不忍睹，是人谋不臧，还是天降鞠凶？人在情急的时候，无不呼天抢地，天地会一伸援手吗？有些地方旱魃肆虐，忽然大雨滂沱，大家额手相庆，感谢上苍，没有想到雨水滋润了干土，蝗虫的卵得以在地下孵化，不久就构成了蝗灾。老天爷是何居心？

天生万物，相克相杀，没有地方讲理去，老天爷管不了许多。

四、好的开始便是成功的一半

这句话是从外语翻译过来的，很多人常把这句话挂在嘴边。未尝不是一句善颂善祷的话，当事人听了觉得很受用。但是再想一下，一个辉煌的开始便是百分之五十成功的保证，天下有这等便宜事？

《诗·大雅·荡》："靡不有初，鲜克有终。"是比较平实的说法。我们国人做事擅长的一手是"五分钟热气"，在开始时候激昂慷慨，铺张扬厉，好像是要雷厉风行，但是过不了多久，渐渐一切抛在脑后，虽然口里高唱"贯彻始终"，事实上常是有始无终。

参加赛跑的人，起步固然要紧，但最后胜利却系于临终的冲刺。最近看我们的一个球队参加国际比赛，开始有板有眼，好一阵子一直领先，但是后继无力，终落惨败。好的开始似乎无关最后的成败。

五、眼不见为净

老早有人劝我别吃烧饼，说烧饼里常夹有老鼠屎，我不信。后来我好奇，有一天掰开烧饼看看，赫然一粒老鼠屎在焉。"一粒老鼠屎搅乱一锅粥！"从此我有了戒心，不敢常吃烧饼。偶然吃一次，必先掰开仔细看看。

有人笑我过分小心。他的理论是：我们每天吃的东西种类繁多，焉能一一亲自检视，大致不差也就是了，眼不见为净。人的肉眼本来所见有限，好多有毒的或无害的微生物都不是肉眼所能窥察得到的。眼见的未必净，眼不见的也未必不净。他这种说法好有一比，现代司法观念之一是：凡嫌犯之未能证实其为有罪之前，一律假设其为无罪。食物未经化验其为不净，似乎也可以认为它是净的。这种说法很危险，如果轻信眼不见为净，很可能吃下某些东西而受害不浅，重则致命，轻则缠绵病榻伏枕呻吟。

科学方法建设在几项哲学假设上面，其中之一是假设物质乃普遍的一致。抽样检查之可靠性也是假设其全部品质都是一样的。我们除了信赖科学检验之外别无选择。俗语说："过水为净。"不失为可行，蔬菜水果之类多洗几遍即可减除其中残留的农药。不过食物不是都可以水洗的。

"眼不见为净"之说固不可盲从,所谓"没脏没净,吃了没病"之说简直是荒谬。

六、伸手不打笑脸人

笑脸是不常见的。常见的是面皮绷得紧紧的驴脸,可以刮下一层霜的冷脸,好像才吞了农药下去的苦脸,睡眠不足的或是劬劳瘠悴的病脸,再不就是满脸横肉的凶脸。所以我们偶然看见一张笑脸,不由得不心生喜悦。那笑脸也许不是生自内心而自然流露,也许是为了某种需要而强作笑颜。脸不必笑得像一朵花,只要面部肌肉稍为放松,嘴角稍为裂开一点,就会给人以相当的舒适感。我一向相信,笑脸是人际关系中可以通行无阻的安全证。即使人在盛怒之中,摩拳擦掌,但是不会去打一个笑脸人,他下不去手。

最近看了报上一则新闻,开始觉得笑脸并不一定能保障一个人的安全。赔笑脸有时还是免不了挨嘴巴,事属常有,我所见的这条新闻却不寻常。有一位不务正业而专走邪道的青年,有一天踉跄的回家,狼狈的伏在案头,一言不发。老母见状,不禁莞尔。这一笑,不打紧,不知年轻人是误会为讥笑、讪笑,或是冷笑,他上去对准老母胸前就是一拳。老母应拳而倒,一命归西!微微一笑引起致命的一拳。以后下文如何,不得而知。

人到了要伸手打人的时候,笑脸不但不足以御强拳,而且可以招致杀身之祸。但愿这是一条孤证。

七、吃一行,恨一行

"三百六十行，行行出状元。"这是说职业不分上下，每一行范围之内一个人只要努力，不愁不能出人头地坐到顶尖的位置。这也是劝勉人各就岗位奋斗向上，不要一味的"这山望着那山高"。究竟行还是有高低，犹山之有高低。状元与状元不同。西瓜大王不能与钢铁大王比，馄饨大王也不能和煤油大王比。

每一行都有它的艰难困苦，其发展的路常是坎坷多舛的。投身到任何一个行当，只好埋头苦干。有人只看见和尚吃馒头，没看见和尚受戒，遂生羡慕别人之心，以为自己这一行只有苦没有乐，不但自己唉声叹气，恨自己选错了行，还会谆谆告诫他的子弟千万别再做这一行。这叫做"吃一行，恨一行"。

造出"吃一行，恨一行"这句话的人，其用心可能是劝勉大家安分守己，但是这句话也道出了无数人的无可奈何的心情。其实干一行应该爱一行才对。因为没有一行没有乐趣，至少一件工作之完满的完成便是无上乐趣。很多知道敬业的人不但自己满足于他的行当，而且教导他的子弟步武他的踪迹，被人称为"克绍箕裘"，其间没有丝毫恨意。

八、子不嫌母丑，狗不嫌家贫

狗是很聪明的动物，但不太聪明。乞丐挂着一根杖，提着一个钵，沿门求乞，一条瘦狗寸步不离的跟随着他。得到一些残肴剩炙，人与狗分而食之。但是狗不会离开他，不会看到较好的去处便去趋就，所以说狗不算太聪明，虽然它有那么一分义气。

在儿女的眼光里，母亲应该是最美最可爱最可信赖最该受感激的一个人。人有丑的,母亲没有丑的。母亲可以老,但不会丑。从前有一首很流行的儿歌《乌鸦歌》,记得歌词是这样的:"乌鸦乌鸦对我叫,乌鸦真真孝。乌鸦老了不能飞,对着小鸦啼。小鸦朝朝打食归,打食归来先喂母。'母亲从前喂过我!'"这是借乌鸦反哺来劝孝的歌,但是最后一句"母亲从前喂过我"实在非常动人,没有失去人性的人回想起"母亲从前喂过我",再听了这句歌词,恐怕没有不心酸的。每个人大概都会为了他的母亲而感觉骄傲,谁会嫌他的母亲丑?

"狗不嫌家贫,子不嫌母丑",话没有错。不过嫌贫爱富恐怕是人之常情,不嫌家贫这份美誉恐怕要让狗来独享下去。子嫌母丑的例子也不是没有。我就知道有两个例子,无独有偶。有两位受过所谓"高等教育"的人,家里延见宾客,照例有两位衣服破敝的老妇捧茶出来,主人不予介绍,客人也就安然受之,以为那个老妪必是佣妇。久之才从侧面打听出来那老妪乃主人之生母。主人嫌其老丑,有失体面,认为见不得人,使之奉茶,废物利用而已。

狗不嫌家贫,并未言过其实。子不嫌母丑,对越来越多的人有变为谬论的可能。

胡须

俗语："嘴上没毛，办事不牢。"意思是说，有一把年纪的人比较的见多识广，而且瞻前顾后做起事来四平八稳，不像年轻小伙子那样的毛躁，那样的不牢靠。嘴上没毛也就是年纪太轻少不更事的意思。

现在看来，嘴上没毛似乎不一定与年龄有关。大家可曾注意，如今好多的政坛显要，社会中坚，无分中外，老远的看来几乎都是面白无须的样子。像诸葛亮的三绺髯，关公的五绺髯，只有在舞台上见之。他们不全是因为脸皮太厚而胡须长不出来，而是胡须刚刚长出来就被刮剃了去。所以嘴上嘴下，青皮一块，于右老张大千之长髯飘拂是例外。世上有几个于右老张大千？反观年轻一代，则往往有些人年纪轻轻的，于思于思，一反常态。他们或是唇上留一撮小髭，或是两鬓各蓄一条鬓脚，或是颔下垂着几根疏疏落落的狗蝇胡子，戏台上的老生称须生，如今不少的小生也是须生了。

人年纪越大，胡须也长得越硬越粗越黑越快。有人常怪女人每天在她们的头发上耗费太多的时间精神，殊不知绝大多数的男人在他们的胡须上也有不少的麻烦。女人的头发要洗、要做、要烫、要染，现在有些男人的头发也要玩这一套，而且于此之外还每天牢不可破的要刮胡子。一天不刮就毛氂氂的刺弄得慌，用手摸上去像是板刷，万一触到别人的细嫩的皮肤上会令人大叫起来。所以有人早晚各刮一次，不厌其烦。更有人痛恨自己的胡子过于茂盛，刮不胜刮，于是不仅剪草，还要除根，随身携带镜子镊子，把刮后的胡须根株一个个的钳拔出来，这种拔毛连茹的做法滋味如何，只有本人知道。听说从前青衣花旦，以及其他在职业上有此必要的人，才采用此种彻底根除的手段。不过我也曾亲见所谓斯文中人也有公然当众对镜拔须的。拔过之后，常有血痕殷然。

其实，俗语说，"八十留胡子，大主意自己拿。"不到八十岁要留胡子，也没有人管得着。髭胡也未必就有碍观瞻。《左传·昭公二十六年》："有君子，白皙鬓须眉。"胡须眉毛又黑又稠的陈武子还被称为"君子"，可见一嘴胡子正有助于威仪三千。庄子列御寇，"髯"列为"八极"之一，算是形体上优异过人之处。关公为美髯公，无人不知。唐文皇"虬须壮冠，人号髭圣"（见《清异录》）。风流潇洒如苏东坡也有"髯苏"之称。历史上有名的大胡子不胜列举，而且是被人夸赞，没有揶揄之

意。自古以胡须稠秀为男性美的特征。稠是相当茂密，秀是相当疏朗。相法上所谓"根根见底"，就是浓疏合度的意思。喜剧演员贾波林，若是嘴上没有那一撮胡子，恐怕要减少很大一部分的滑稽相和愁苦相。那一撮胡子，在希特勒嘴上像是糊上了一块膏药，真是恶人恶相，讨人嫌。长胡子要保持清洁，不能让它擀成毡，不能拖泥带水，更不能窝藏虱子，虱子纵然"屡游相须，曾蒙御览"，仍然是邋遢。

写《乌托邦》的英国作家陶玛斯·摩尔，在上断头台的时候，对行刑者说："我的胡子没有犯罪，请勿切断我的胡子。"于是撂起他的一把大胡子，延颈受戮。这是标准的"断头台上的幽默"。我们至少可以想象到他对他的胡子是多么关心。

佛家对于胡子则有时视为相当神圣，《法苑珠林》有这样一段记载："佛告阿难，'汝取我髭，合六十二茎，我欲造塔。'阿难取付世尊。佛告诸罗刹：'我施汝二茎，当造七宝函及造游檀塔，盛髭供养，可高四十由旬，余六十髭亦随造函塔，可高三丈。'又告诸罗刹：'守护，勿使外道、恶人、魔鬼、毒龙，妄毁此塔。此塔为汝命根，汝必护塔。……'"按说万法皆空，不得以肉体见如来，为什么把一茎髭看得这般重要，我参不透。事实上高四十由旬的游檀塔，谁也没有见过。

我们旧剧班中的行头里有所谓髯口一项，包括三髯、五髯、三涛髯、夹嘴髯、红虬髯、丑三髯、吊搭髯等等，花样繁多，不及备载。而且这些髯口不仅是装点门面，还可以加以运用，如捋髯、拱髯、推髯、搂髯、端髯、甩髯、喷髯、抖髯、轮髯等等，形成所谓"髯舞"。俗语形容愤怒之状为"吹胡子瞪眼"，在舞台上真有那样的表现。

父母的爱

　　父母的爱是天地间最伟大的爱。一个孩子，自从呱呱坠地，父母就开始爱他，鞠之育之，不辞劬劳。稍长，令之就学，督之课之，唯恐不逮。及其成人，男有室，女有归，虽云大事已毕，父母之爱固未尝稍杀。父母的爱没有终期，而且无时或弛。父母的爱也没有差别，看着自己的孩子牙牙学语，无论是伶牙俐齿或笨嘴糊腮，都觉得可爱。眉清目秀的可爱，浓眉大眼的也可爱，天真活泼的可爱，调皮捣蛋的也可爱，聪颖的可爱，笨拙的也可爱，像阶前的芝兰玉树固然可爱，癞痢头儿子也未尝不可爱，只要是自己生的。甚至于孩子长大之后，陂行荡检，贻父母忧，父母除了骂他恨他之外还是对他保留一分相当的爱。

父母的爱是天生的，是自然的，如天降甘霖，霈然而莫之能御。是无条件的施与而不望报。父母子女之间的这一笔账是无从算起的。父母的鞠育之恩，子女想报也报不完，正如《诗经·蓼莪》所说："父兮生我，母兮鞠我。拊我畜我，长我育我，顾我复我，出入腹我。欲报之德，昊天罔极。"父母之恩像天一般高一般大，如何能报得了？何况岁月不待人，父母也不能长在，像陆放翁的诗句"早岁已兴风木叹，余生永废蓼莪篇"正是人生长恨，千古同嗟！

古圣先贤，无不劝孝。其实孝也是人性的一部分，也是自然的，否则劝亦无大效。父母子女间的相互的情爱都是天生的。不但人类如此，一切有情莫不皆然。我不大敢信禽兽之中会有枭獍。

父母爱子女，子女不久长大也要变成为父母，也要爱其子女。所以父母之爱像是连锁一般，代代相续，传继不绝。《易》云："天地之大德曰生。"维护人类生命之最大的、最原始的、最美妙的、最神秘的力量莫过于父母的爱。让我们来赞颂父母的爱！

谈时间

希腊哲学家 Diogenes 经常睡在一只瓦缸里，有一天亚历山大皇帝走去看他，以皇帝的惯用的口吻问他："你对我有什么请求吗？"这位玩世不恭的哲人翻了翻白眼，答道："我请求你走开一点，不要遮住我的阳光。"

这个家喻户晓的小故事，究竟涵义何在，恐怕见仁见智，各有不同的看法。我们通常总是觉得那位哲人视尊荣犹敝屣，富贵如浮云，虽然皇帝驾到，殊无异于等闲之辈，不但对他无所希冀，而且亦不必特别的假以颜色。可是约翰逊博士另有一种看法，他认为应该注意的是那阳光，阳光不是皇帝所能赐予的，所以请求他不要把他所不能赐予的夺了去。这个请求不能算奢，却是用意深刻。因此约翰逊博士由"光阴"悟到"时间"，时间也者虽然也是极为宝贵，而也是常常被人劫夺的。

"人生不满百"，大致是不错的。当然，老而不死的人，不是没有，不过期颐以上不是一般人所敢想望的。数十寒暑当中，睡眠去了很大一部分。苏东坡所谓"睡眠去其半"，稍嫌有点夸张，大约三分之一左右总是有的。童蒙一段时期，说它是天真未凿也好，说它是昏昧无知也好，反正是浑浑噩噩，不知不觉；及至寿登耄耋，老悖聋瞆，甚至"佳丽当前，未能缱绻"，比死人多一口气，也没有多少生趣可言。掐头去尾，人生所余无几。就是这短暂的一生，时间亦不见得能由我们自己支配。约翰逊博士所抱怨的那些不速之客，动辄登门拜访，不管你正在怎样忙碌，他觉得宾至如归，这种情形固然令人啼笑皆非，我觉得究竟不能算是怎样严重的"时间之贼"。他只是在我们的有限的资本上抽取一点捐税而已。我们的时间之大宗的消耗，怕还是要由我们自己负责。

有人说："时间即生命。"也有人说："时间即金钱。"二说均是，因为有人根本认为金钱即生命。不过细想一下，有命斯有财，命之不存，财于何有？有钱不要命者，固然实繁有徒，但是舍财不舍命，仍然是较聪明的办法。所以《淮南子》说："圣人不贵尺之璧而重寸之阴，时难得而易失也。"我们幼时，谁没有作过"惜阴说"之类的课艺？可是谁又能趁早体会到时间之"难得而易失"？我小的时候，家里请了一位教师，书房桌上有一座钟，我和我的姊姊常乘教师不注意的时候把时针往前拨快半个钟头，以便提早放学，后来被老师觉察了，他用朱笔在窗户纸上的太阳阴影划一痕记，作为放学的时刻，这才息了逃学的念头。

时光不断地在流转，任谁也不能攀住它停留片刻。"逝者如斯夫，不舍昼夜！"我们每天撕一张日历，日历越来越薄，快要撕完的时候便不免矍然以惊，惊的是又临岁晚，假使我们把几十册日历装为合订本，那便象征我们的全部的生命，我们一页一页地往下扯，该是什么样的滋味呢？"冬天一到，春天还会远吗？"可是你一共能看见几次冬尽春来呢？

不可挽住的就让它去罢！问题在，我们所能掌握的尚未逝去的时间，如何去打发它。梁任公先生最恶闻"消遣"二字，只有活得不耐烦的人才忍心的去"杀时间"。他认为一个人要做的事太多，时间根本不够用，哪里还有时间可供消遣？不过打发时间的方法，亦人各不同，士各有志。乾隆皇帝下江南，看见运河上舟楫往来，熙熙攘攘，顾问左右："他们都在忙些什么？"和珅侍卫在侧，脱口而出："无非名利二字。"这答案相当正确，我们不可以人废言。不过三代以下唯恐其不好名，大概名利二字当中还是利的成分大些。"人为财死，鸟为食亡。"时间即金钱之说仍属不诬。诗人渥资华斯有句：

尘世耗用我们的时间太多了,夙兴夜寐,
赚钱挥霍,把我们的精力都浪费掉了。

所以有人宁可遁迹山林，享受那清风明月，"侣鱼虾而友麋鹿"，过那高蹈隐逸的生活。诗人济慈宁愿长时间地守着一株花，看那花苞徐徐展瓣，以为那是人间至乐。嵇康在大树底下扬锤打铁,"浊酒一杯,弹琴一曲";刘伶"止则操卮执觚,动则挈榼提壶",一生中无思无虑其乐陶陶。这又是一种颇不寻常的方式。最彻底的超然的例子是《传灯录》所记载的:"南泉和尚问陆亘曰:'大夫十二时中作么生?陆云:'寸丝不挂!'"寸丝不挂即是了无挂碍之谓,"本来无一物,何处染尘埃?"这境界高超极了,可以说是"以天地为一朝,万期为须臾",根本不发生什么时间问题。

  人,诚如波斯诗人莪谟伽耶玛所说,来不知从何处来,去不知向何处去,来时并非本愿,去时亦未征得同意,糊里糊涂地在世间逗留一段时间。在此期间内,我们是以心为形役呢?还是立德立功立言以求不朽呢?还是参究生死直超三界呢?这大主意需要自己拿。

谈考试

少年读书而要考试,中年做事而要谋生,老年悠闲而要衰病,这都是人生苦事。

考试已经是苦事,而大都是在炎热的夏天举行,苦上加苦。我清晨起身,常见三面邻家都开着灯弦歌不辍;我出门散步,河畔田埂上也常见有三三两两的孩子们手不释卷。这都是一些好学之士么?也不尽然。我想其中有很大一部分是在临阵磨枪。尝闻有"读书乐"之说,而在考试之前把若干知识填进脑壳的那一段苦修,怕没有什么乐趣可言。

其实考试只是一种测验的性质,和量身高体重的意思差不多,事前无需恐惧,临事更无需张皇。考的时候,把你知道的写出来,不知道的只好阙疑,如是而已。但是考试的后果太大了。万一名在孙山之外,那一份落第的滋味好生难受,其中有惭恶,有怨恨,有沮丧,有悔恨,见了人羞答答,而偏有人当面谈论这回事。这时节,人的笑脸都好像是含着讥讽,枝头鸟啭都好像是在嘲弄,很少人能不顿觉人生乏味。其后果犹不止于此,这可能是生活上一大关键,眼看着别人春风得意,自己从此走向下坡。考试的后果太重大,所以大家都把考试看得很认真。其实考试的成绩,老早的就由自己平时读书时所决定了。

人苦于不自知。有些人根本无需去受考试的煎熬,但存一种侥幸心理,希望时来运转,一试得售。上焉者临阵磨枪,苦苦准备,中焉者揣摩试题,从中取巧,下焉者关节舞弊,浑水捞鱼。用心良苦,而希望不大。现代考试方法,相当公正,甚少侥幸可能。虽然也常闻有护航顶替之类的情形,究竟是少数的例外。如果自知仅有三五十斤的体重,根本就不必去攀到千斤大秤的钩子上去吊。贸贸然去应试,只是凑热闹,劳民伤财,为别人作垫脚石而已。

对于身受考试之苦的人,我是很同情的。考试的项目多,时间久,一关一关地闯下来,身上的红血球不知要死去多少千万。从前科举考场里,听说还有人在夜里高喊:"有恩的报恩,有怨的报怨!"那一股阴森恐怖的气氛是够怕人的。真有当场昏厥、疯狂、自杀的!现代的考场光明多了,不再是鬼影幢幢,可是考场如战场,还是够紧张的。我有一位同学,最怕考数学,一看题目纸,立刻脸上变色,浑身寒战,草草考完之后便佝偻着身子回到寝室去换裤子!其神经系统所受的打击是可以想象的！

受苦难的不只是考生。主持考试的人也是在受考验。先说命题，出题目来难人，好像是最轻松不过，但亦不然。千目所视，千手所指，是不能掉以轻心的。我记得我的表弟在二十几年前投考一个北平的著名的医学院，国文题目是：《卞壶不苟时好论》，全体交了白卷。考医学院的学生，谁又读过《晋书》呢？甚至可能还把"卞壶"读作"便壶"了呢。出这题目的是谁，我不知道，他此后是否仍然心安理得地继续活下去，我亦不知道。大概出题目不能太僻，亦不能太泛。假使考留学生，作文题目是《我出国留学的计划》，固然人人都可以诌出一篇来，但很可能有人早预备好一篇成稿，这样便很难评分而不失公道。出题目而要恰如分际，不刁钻，不炫弄，不空泛，不含糊，实在很难。在考生挥汗应考之前，命题的先生早已汗流浃背好几次了。再说阅卷，那也可以说是一种灾难。真的，曾有人于接连十二天阅卷之后，吐血而亡，这实在应该比照阵亡例议恤。阅卷百苦，尚有一乐，荒谬而可笑的试卷常常可以使人绝倒，四座传观，粲然皆笑，精神为之一振。我们不能不叹服，考生中真有富于想象力的奇才。最令人不愉快的卷子是字迹潦草的那一类，喻为涂鸦，还嫌太雅，简直是墨盒里的蜘蛛满纸爬！有人在宽宽的格子中写蝇头小字，也有人写一行字要占两行，有人全页涂抹，也有人曳白。像这种不规则的试卷，在饭前阅览，犹不过令人蹙眉，在饭后阅览，则不免令人恶心。

有人颇艳羡美国大学之不用入学考试。那种免试升学的办法是否适合我们的国情,是一个问题。据说考试是我们的国粹,我们中国人好像自古以来就是"考省不倦"的。考试而至于科举可谓登峰造极,三榜出身乃是唯一的正规的出路。至于今,考试仍为五权之一。考试在我们的生活当中已形成为不可少的一部分。英国的卡赖尔在他的《英雄与英雄崇拜》里曾特别指出,中国的考试制度,作为选拔人才的方法,实在太高明了。所谓政治学,其要义之一即是如何把优秀的分子选拔出来放在社会的上层。中国的考试方法,由他看来,是最聪明的方法。照例,外国人说我们的好话,听来特别顺耳,不妨引来自我陶醉一下。平心而论,考试就和选举一样,属于"必需的罪恶"一类,在想不出更好的办法之前,考试还是不可废的。我们现在所能做的,是如何改善考试的方法,要求其简化,要求其合理,不要令大家把考试看做为戕贼身心的酷刑!

听,考场上战鼓又响了,由远而近!

谈友谊

朋友居五伦之末,其实朋友是极重要的一伦。所谓友谊实即人与人之间的一种良好的关系,其中包括了解、欣赏、信任、容忍、牺牲……诸多美德。如果以友谊作基础,则其他的各种关系如父子夫妇兄弟之类均可圆满地建立起来。当然父子兄弟是无可选择的永久关系,夫妇虽有选择余地,但一经结合便以不再仳离为原则,而朋友则是有聚有散可合可分的。不过,说穿了,父子夫妇兄弟都是朋友关系,不过形式性质稍有不同罢了。严格地讲,凡是充分具备一个好朋友的条件的人,他一定也是一个好父亲、好儿子、好丈夫、好妻子、好哥哥、好弟弟。反过来亦然。

我们的古圣先贤对于交友一端是甚为注重的。《论语》里面关于交友的话很多。在西方亦是如此。罗马的西塞罗有一篇著名的《论友谊》，法国的蒙田、英国的培根、美国的爱默生，都有论友谊的文章。我觉得近代的作家在这个题目上似乎不大肯费笔墨了。这是不是叔季之世友谊没落的征象呢？我不敢说。

之所谓"刎颈交"，陈义过高，非常人所能企及。如 Damon 与 Pythias，David 与 Jonathan，怕也只是传说中的美谈罢。就是把友谊的标准降低一些，真正能称得起朋友的还是很难得。试想一想，如有银钱经手的事，你信得过的朋友能有几人？在你蹭蹬失意或疾病患难之中还肯登门拜访乃至雪中送炭的朋友又有几人？你出门在外之际对于你的妻室弱媳肯加照顾而又不照顾得太多者又有几人？再退一步，平素投桃报李，莫逆于心，能维持长久于不坠者，又有几人？总角之交，如无特别利害关系以为维系，恐怕很难在若干年后不变成为路人。富兰克林说："有三个朋友是忠实可靠的——老妻、老狗与现款。"妙的是这三个朋友都不是朋友。倒是亚里士多德的一句话最干脆："我的朋友们啊！世界上根本没有朋友。"这些话近于愤世嫉俗，事实上世界上还是有朋友的，不过虽然无需打着灯笼去找，却是像沙里淘金而且还需要长时间地洗炼。一旦真铸成了友谊，便会金石同坚，永不退转。

大抵物以类聚，人以群分。臭味相投，方能永以为好。交朋友也讲究门当户对，纵不必像九品中正那么严格，也自然有个界线。"同学少年多不贱，五陵裘马自轻肥"，于"自轻肥"之余还能对着往日的旧游而不把眼睛移到眉毛上边去么？汉光武容许严子陵把他的大腿压在自己的肚子上，固然是雅量可风,但是严子陵之毅然决然地归隐于富春山,则尤为知趣。朱洪武写信给他的一位朋友说:"朱元璋作了皇帝,朱元璋还是朱元璋……"话自管说得很漂亮,看看他后来之诛戮功臣,也就不免令人心悸。人的身心构造原是一样的,但是一入宦途,可能发生突变。孔子说,无友不如己者。我想一来只是指品学而言,二来只是说不要结交比自己坏的,并没有说一定要我们去高攀。友谊需要两造,假如双方都想结交比自己好的,那便永远交不起来。

好像是王尔德说过,"一个男人与一个女人之间是不可能有友谊存在的。"就一般而论,这话是对的,因为男女之间如有深厚的友谊,那友谊容易变质,如果不是心心相印,那又算不得是友谊。过犹不及,那分际是难以把握的。忘年交倒是可能的。祢衡年未二十,孔融年已五十,便相交友,这样的例子史不绝书。但似乎是也以同性为限。并且以我所知,忘年交之形成固有赖于兴趣之相近与互相之器赏,但年长的一方面多少需要保持一点童心,年幼的一方面多少需要显着几分老成。老气横秋则令人望而生畏,轻薄儇佻则人且避之若浼。单身的人容易交朋友,因为他的情感无所寄托,漂泊流离之中最需要一个一倾积愫的对象,可是等到他有红袖添香稚子候门的时候,心境便不同了。

"君子之交淡如水",因为淡所以才能不腻,才能持久。"与朋友交,久而敬之。"敬也就是保持距离,也就是防止过分的亲昵。不过"狎而敬之"是很难的。最要注意的是,友谊不可透支,总要保留几分。Mark Twain 说:"神圣的友谊之情,其性质是如此的甜蜜、稳定、忠实、持久，可以终身不渝，如果不开口向你借钱。"这真是慨乎言之。朋友本有通财之谊，但这是何等微妙的一件事！世上最难忘的事是借出去的钱，一般认为最倒霉的事又莫过于还钱。一牵涉到钱，恩怨便很难清算得清楚，多少成长中的友谊都被这阿堵物所戕害！

规劝乃是朋友中间应有之义，但是谈何容易。名利场中，沉瀣一气，自己都难以明辨是非，哪有余力规劝别人？而在对方则又良药苦口忠言逆耳，谁又愿意让人批他的逆鳞？规劝不可当着第三者的面前行之，以免伤他的颜面，不可在他情绪不宁时行之，以免逢彼之怒。孔子说："忠告而善道之，不可则止。"我总以为劝善规过是友谊之消极的作用。友谊之乐是积极的。只有神仙与野兽才喜欢孤独，人是要朋友的。"假如一个人独自升天，看见宇宙的大观，群星的美丽，他并不能感到快乐，他必要找到一个人向他述说他所见的奇景，他才能快乐。"共享快乐，比共受患难，应该是更正常的友谊中的趣味。

生 日

　　生日年年有,而且人人有,所以不稀罕。
　　谁也不会知道自己的生日是在哪一天。呱呱堕地之时,谁有闲情逸致去看日历?当时大概只是觉得空气凉,肚子饿,谁还管什么生辰八字?自己的生年月日,都是后来听人说的。
　　其实生日,一生中只能有一次。因为生命只有一条之故。一条命只能生一回死一回。过三百六十五天只能算是活了一周岁。这年头,活一周年当然不是容易事,尤其是已经活了好几十周岁之后,自己的把握越来越小,感觉到地心吸力越来越大,不知哪一天就要结束他的地面上的生活,所以要庆祝一下也是人情之常。古有上寿之礼,无庆生日之礼。因为生日本身无可庆。西人祝贺之词曰:"愿君多过几个快乐的生日。"亦无非是祝寿之意。寿在哪一天祝都是一样。

我们生到世上,全非自愿。佛书以生为十二因缘之一,"从现世善恶之业,后世还于六道四生中受生,是名为生。"糊里糊涂的,神差鬼使的,我们被捉弄到这尘世中来。来的时候,不曾征求我们的同意,将来走的时候,亦不会征求我们的同意。我们是从哪里来的,我们不知道,我们最后到哪里去,我们也不知道。我们所知道的就是这生、老、病、死的一个断片。然而这世界上究竟有的是良辰美景赏心乐事,否则为什么有人老是活不够,甚至要高呼"人生七十才开始"?

到了生日值得欢乐的只有一种人,那就是"万乘之主"。不需要颐指气使,自然有人来山呼万岁,自然有百官上表,自然有人来说什么"一人有庆,兆民赖之",全不问那个"庆"字是怎么讲法。唐太宗谓长孙无忌曰:"某月日是朕生日,世俗皆为欢乐,在朕翻为感伤。"作了皇帝还懂得感伤,实在是很难得,具见人性未泯,不愧为明主,虽然我们不太清楚他感伤的是哪一宗。是否踌躇满志之时,顿生今昔之感?在历史上最后一个辉煌的千秋节该是清朝慈禧太后六十大庆在颐和园的那一番铺张,可怜"薄海欢腾"之中听到鼙鼓之声动地来了!

田舍翁过生日,唯一的节目是吃,真是实行"鸡猪鱼蒜,逢著则吃,生老病死,时至则行"的主张,什么都是假的,唯独吃在肚里是便宜。读《莲池大师戒杀文》,开篇就说:"一曰生日不宜杀生。哀哀父母,生我劬劳,己身始诞之辰,乃父母垂亡之日也!是日也,正宜戒杀持斋,广行善事,庶使先亡考妣,早获超升,见在椿萱,增延福寿,何得顿忘母难,杀害生灵，上贻累于亲，下不利于己？"虽是蔼然仁者之言，但是不合时尚。祝贺生日的人很少吃下一块覆满蜡油的蛋糕而感到满意的，必须七荤八素的塞满肚皮然后才算礼成。过生日而想到父母，现代人很少有这样的联想力。

幸灾乐祸

有人问"幸灾乐祸"一语,如何英译。英语中好像没有现成的字辞可用,只好累赘一些译其大意。德文里有一个字,schadenfreud,似尚妥切,schaden,是灾祸,freud 是乐,看到别人的灾祸而引以为乐。

"幸灾乐祸"一语出自《左传·僖公十四》:"背施无亲,幸灾不仁。"及《庄公二十》:"歌舞不倦,是乐祸也。"原说的是国与国之间的关系,现在人与人之间也常使用这个成语,表示同情心之缺乏,甚至冷酷自私的态度。

其实,幸灾乐祸不一定是某个人品行上的缺点,实在是人性某一方面的通性之一。人在内心上很少不幸灾乐祸的。有人明白的表示了出来,有人把它藏在心里,秘而不宣,有人很快的消除这种心理,进而表示出悲天悯人慷慨大方的态度。

最近报上有这样一段新闻:……违建户大火,烈焰映红了半边天,也映出了两种截然不同的心态。

在火场邻近的屋顶上,挤满了人。左边的消防人员手拿送水带,卖力地想要将火尽速扑灭。一名队员还从屋顶上摔下来,幸而只受轻伤。右边的一群人却"隔岸观火",有几个还悠闲地蹲坐下来。别人的灾难竟被他们当成热闹好戏。旁边附刊了照片,可惜模糊了一点,没有显示出……那几位"悠闲地蹲坐下来"的先生们的面目。祝融为虐,照例有人看热闹,除非那一火起自或烧到你自己的家宅,那时候那一场热闹就只好留给别人看。不过我有一点疑问:假使离府上相当远的地方发生火警,不论是违章建筑还是高楼大厦,浓烟直冒,火舌四伸,消防队的救火车纷纷到来施救,居民忙着抢搬家私,现场一片混乱,这时节,你怎么办?当然你不会去趁火打劫。你也不会若无其事的闭门家中坐。你是否要提着一铅铁桶水前去帮着施救呢?你不会这样做,人家也不准你这样做,这样做只有越帮越忙,而且无济于事。遇到此等事,只好交给消防队去处理,闲杂人等请站开。站开了看是可以,爬到屋顶上看也可以,如果你不怕摔下来。千万不可站累了蹲下来坐着看,因为蹲坐表示"悠闲",人家有灾难,你怎可以悠闲看热闹?悠闲的看热闹便至少有隔岸观火之嫌。如果你心里想"这火势怎么这样小",或"这场火怎么这样快就扑灭了",那你就是十足的幸灾乐祸了。

我看过几场大火。第一次是在一九一二年,北京兵变火烧东安市场。市场离我家不远,隔一条大街,火势映红了半边天,那时候我还小,童子何知,躬逢巨劫。我当时只觉得恐怖,只觉得那么多好吃好玩的物资付之一炬,太可惜了。第二次看到大火是在重庆遭遇五四大轰炸,我逃难到海棠溪沙洲上,坐卧在沙滩上仰观重庆闹区火光冲天,还听得一阵阵爆竹响(因为房屋多为竹制),真个的是隔岸观火,心里充满了悲愤。又一次观火是在北碚的一个夏天,晚饭后照例搬出两张藤沙发放在门前平台上,啜茗乘凉。忽然看见对面半山腰上有房屋起火,先是一缕炊烟似的慢慢升起,俄而变成黑黑的一股烽燧狼烟,终乃演成焰焰大火。我坐下来,一面品茗,一面隔着一个山谷观火。非观不可,难道闭起眼睛非礼勿视?而且非悠闲不可,难道要顿足太息,或是双手合十,口呼"善哉!善哉!"

有时候听说舟车飞机发生意外,多人殉亡,而自己阴差阳错偏偏临时因故改变行程,没有参加那一班要命的行旅,不免私下庆幸。这不是幸灾乐祸。对于那些在劫难逃的人,纵不恫伤,至少总有一些同情。对于自己的侥幸,当然大为高兴,但是这一团高兴并非建立在别人的痛苦之上。法国十七世纪的作家拉饶施福谷(La Rochefoucault)的《箴言集》里有这样的一句名言:"在我们的至交的灾难中,我们会发现一点点并不使我们不高兴的东西。"("Dams I' adversite de nos meilleurs amis nous trouvons quelque chose, qui ne nous deplaist pas.")这一点点并不使我们不高兴的东西,就是我们才说到的那种侥幸心理吧?

灾难如果发生在我们的敌人头上,我们很难不幸灾乐祸。一九四五年两颗原子弹投落在广岛长崎,造成很大的伤害,当时饱尝日寇荼毒的我国民众几乎没有不欢欣鼓舞的,认为那是天公地道的膺惩。想想日军在南京的大屠杀,在珍珠港的偷袭,他们不该付出一点代价么?此之谓自作孽,不可活。也许有人以为我们应该如曾子所说的"哀矜而勿喜",可是那种修养是很难得的。

快乐

天下最快乐的事大概莫过于做皇帝。"首出庶物，万国咸宁。"至不济可以生杀予夺，为所欲为。至于后宫粉黛三千，御膳八珍罗列，更是不在话下。清乾隆皇帝，"称八旬之觞，镌十全之宝"，三下江南，附庸风雅。那副志得意满的神情，真是不能不令人兴起"大丈夫当如是也"的感喟。

在穷措大眼里，九五之尊，乐不可支。但是试起古今中外的皇帝于地下，问他们一生中是否全是快乐，答案恐怕相当复杂。西班牙国王拉曼三世（Abder Rahman Ⅲ，960）说过这么一段话："我于胜利与和平之中统治全国约五十年，为臣民所爱戴，为敌人所畏惧，为盟友所尊敬。财富与荣誉，权力与享受，呼之即来，人世间的福祉，从不缺乏。在这情形之中，我曾勤加计算，我一生中纯粹的真正幸福日子，总共仅有十四天。"御宇五十年，仅得十四天真正幸福日子。我相信他的话。宸谟睿略，日理万机，很可能不如闲云野鹤之怡然自得。于此我又想起从一本英语教科书上读到一篇寓言。题目是《一个快乐人的衬衫》。某国王，端居大内，抑郁寡欢，虽极耳目声色之娱，而王终不乐。左右纷纷献计，有一位大臣言道：如果在国内找到一位快乐的人，把他的衬衫脱下来，给国王穿上，国王就会快乐。王韪其言，于是使者四出寻找快乐的人。访遍了朝廷显要，朱门豪家，人人都有心事，家家都有一本难念的经，都不快乐。最后找到一位农夫，他耕罢在树下乘凉，裸着上身，大汗淋漓。使者问他："你快乐么？"农夫说："我自食其力，无忧无虑！快乐极了！"使者大喜，便索取他的衬衣。农夫说："哎呀！我没有衬衣。"这位农夫颇似我们的禅门之"一丝不挂"。

　　常言道，"境由心生"，又说"心本无生因境有"。总之，快乐是一种心理状态。内心湛然，则无往而不乐。吃饭睡觉，稀松平常之事，但是其中大有道理。大珠《顿悟入道要门论》："有源律师来问：'和尚修道，还用功否？'师曰：'用功。'曰：'如何用功？'师曰：'饥来吃饭，困来即眠。'曰：'一切人总如是，同师用功否？'师曰：'不同。'曰：'何故不同？'师曰：'他吃饭时不肯吃饭，百种须索，睡时不肯睡，千般计较。所以不同也。'律师杜口。"可是修行到心无挂碍，却不是容易事。我认识一位唯心论的学者，平凤昌言意志自由，忽然被人绑架，系于暗室十有余日，备受凌辱，释出后他对我说："意志自由固

然不诬，但是如今我才知道身体自由更为重要。"常听人说烦恼即菩提，我们凡人遇到烦恼只是深感烦恼，不见菩提。

快乐是在心里，不假外求，求即往往不得，转为烦恼。叔本华的哲学是：苦痛乃积极的实在的东西，幸福快乐乃消极的根本不存在的东西。所谓快乐幸福乃是解除苦痛之谓。没有苦痛便是幸福。再进一步看，没有苦痛在先，便没有幸福在后。梁任公先生曾说："人生最快乐的事，莫过于看着一件工作的完成。"在工作过程之中，有苦恼也有快乐，等到大功告成，那一份"如愿以偿"的快乐便是至高无上的幸福了。

有时候，只要把心胸敞开，快乐也会逼人而来。这个世界，这个人生，有其丑恶的一面，也有其光明的一面。良辰美景，赏心乐事，随处皆是。智者乐水，仁者乐山。雨有雨的趣，晴有晴的妙，小鸟跳跃啄食，猫狗饱食酣睡，哪一样不令人看了觉得快乐？就是在路上，在商店里，在机关里，偶尔遇到一张笑容可掬的脸，能不令人快乐半天？有一回我住进医院里，僵卧了十几天，病愈出院，刚迈出大门，陡见日丽中天，阳光普照，照得我睁不开眼，又见市廛熙攘，光怪陆离，我不由的从心里欢叫起来："好一个艳丽盛装的世界！"

"幸遇三杯酒美，况逢一朵花新？"我们应该快乐。

老年

　　时间走得很停匀,说快不快,说慢不慢。不知从什么时候起在宴会中总是有人簇拥着你登上座,你自然明白这是离入祠堂之日已不太远。上下台阶的时候常有人在你肘腋处狠狠的搀扶一把,这是提醒你,你已到达了杖乡杖国的高龄,怕你一跤跌下去,摔成好几截。黄口小儿一晃的工夫就蹿高好多,在你眼前跌跌跄跄的跑来跑去,喊着阿公阿婆,这显然是在催你老。

　　其实人之老也,不需人家提示。自己照照镜子,也就应该心里有数。乌溜溜毛氄氄的头发哪里去了?由黑而黄,而灰,而斑,而耄耄然,而稀稀落落,而牛山濯濯,活像一只秃鹫。瓠犀一般的牙齿哪里去了?不是熏得焦黄,就是裂着罅隙,再不就是露出七零八落的豁口。脸上的肉七棱八瓣，而且还平添无数雀斑，有时排列有序如星座，这个像大熊，那个像天蝎。下巴颏儿底下的垂肉变成了空口袋，捏着一揪，两层松皮久久不能恢复原状。两道浓眉之间有毫毛秀出，像是麦芒，又像是兔须。眼睛无端淌泪，有时眼角上还会分泌出一堆堆的桃胶凝聚在那里。总之，老与丑是不可分的。《尔雅》："黄发，齯齿，鲐背，耇老，寿也。"寿自管寿，丑还是丑。

老的征象还多的是。还没有喝忘川水，就先善忘。文字过目不旋踵就飞到九霄云外，再翻寻有如海底捞针。老友几年不见，觌面说不出他的姓名，只觉得他好生面善。要办事超过三件以上，需要结绳，又怕忘了哪一个结代表哪一桩事，如果笔之于书，又可能忘记备忘录放在何处。大概是脑髓用得太久，难免漫漶，印象当然模糊。目视茫茫，眼镜整天价戴上又摘下，摘下又戴上。两耳聋聩，无以与乎钟鼓之声，倒也罢了，最难堪是人家说东你说西。齿牙动摇，咀嚼的时候像反刍，而且有时候还需要戴围嘴。至于登高腿软，久坐腰酸，睡一夜浑身关节滞涩，而且睁着大眼睛等天亮，种种现象不一而足。

老不必叹，更不必讳。花有开有谢，树有荣有枯。桓温看到他"种柳皆已十围，慨然曰：'木犹如此，人何以堪！'攀枝执条，泫然流泪。"桓公是一个豪迈的人，似乎不该如此。人吃到老，活到老，经过多少狂风暴雨惊涛骇浪，还能双肩承一喙，俯仰天地间，应该算是幸事。荣启期说，"人生有不见日月不免襁褓者"，所以他行年九十，认为是人生一乐。叹也无用，乐也无妨，生、老、病、死，原是一回事。有人讳言老，算起岁数来斤斤计较按外国算法还是按中国算法，好像从中可以讨到一年便宜。更有人老不歇心，怕以皤皤华首见人，偏要染成黑头。半老徐娘，驻颜无术，乃乞灵于整容郎中化装师，隆鼻隼，抽脂肪，扫青黛眉，眼眶涂成两个黑窟窿。"物老为妖，人老成精。"人老也就罢了，何苦成精？

老年人该做老年事，冬行春令实是不祥。西塞罗说："人无论怎样老，总是以为自己还可以再活一年。"是的，这愿望不算太奢。种种方面的人欠欠人，正好及时做个了结。贤者识其大，不贤者识其小，各有各的算盘，大主意自己拿。最低限度，别自寻烦恼，别碍人事，别讨人嫌。"有人问莎孚克利斯，年老之后还有没有恋爱的事，他回答得好，'上天不准！我好容易逃开了那种事，如逃开凶恶的主人一般。'"这是说，老年人不再追求那花前月下的旖旎风光，并不是说老年人就一定如槁木死灰一般的枯寂。人生如游山。年轻的男男女女携着手儿陟彼高冈，沿途有无限的赏心乐事，兴会淋漓，也可能遇到一些挫沮，歧路龃龉，不过等到日云暮矣，互相扶持着走下山冈，却正别有一番情趣。白居易《睡觉》诗："老眠早觉常残夜，病力先衰不待年，五欲已销诸念息，世间无境可勾牵。"话是很洒脱，未免凄凉一些。五欲指财、色、名、饮食、睡眠。五欲全销，并非易事，人生总还有可留恋的在。江州司马泪湿青衫之后，不是也还未能忘情于诗酒么？

聋

近来和朋友们晤谈，觉得有几位说话的声音越来越小，好像是随时要和我谈论什么机密大事，喁喁哝哝，生怕隔墙有耳。我不喜欢听扯着公鸡嗓、破锣嗓，哗啦哗啦叫的人说话，他们使我紧张。抚节悲歌的时候，不妨声振林木，响遏行云，普通谈话应以使对方听到为度。可是朋友们若是经常和我吱吱喳喳的私语，只见其嗫嚅，不闻其声响，尤其是说到一句话里的名词动词一律把调门特别压低，我也着急。很奇怪，这样对我谈话的人渐渐多起来了。我心想，怪不得相书上说，声若洪钟，主贵，而贵人本是不多见的。我应付的方法首先是把座席移近，近到促膝的地步，然后是把并非橡皮制的脖子伸长，揪起耳朵，欹耳而听，最后是举起双手附在耳后扩大耳轮的收听效果。饶是这样，我有时还只是断断续续的听清楚了对方所说的一些联接词形容词和冠词而已。久之，我明白了，不是别人嗫口，是我自己重听。

耳顺之年早过，当然不能再"耳闻其言，而知微旨"。聋聩毋宁说是人生到此的正常现象之一。《淮南子》说"禹耳三漏"，那是天下之大圣，聪明睿知，一个耳朵才能有三个穴，我们凡夫俗子修得人身，已比聋虫略胜一筹，不敢希望再有什么畸形发展。霜降以后，一棵树的叶子由黄而红，由枯萎而摇落，我们不以为异。为什么血肉之躯几十年风吹雨打之后，刚刚有一点老态龙钟，就要大惊小怪？世界上没有万年常青的树，蒲柳之姿望秋先落，也不过是在时间上有迟早先后之别而已。所以我发现自己日益聋蔽，夷然处之。我知道古往今来，有多少好人在和我作伴。贝多芬二十七岁起就在听觉上有了障碍，患中耳炎，然后愈来愈严重，到了四十九岁完全聋了，人家对他谈话只能以纸笔代喉舌，可是聋没有妨碍他作曲。杜工部五十六岁作《耳聋》诗，"眼复几时暗？耳从前月聋！"好像"猿鸣秋泪缺，雀噪晚愁空"皆叨耳聋之赐，独恨眼尚未暗！一定要耳不聪目不明才算满意！可是此后三数年他的诗作仍然不少。

耳聋当然有不便处。独坐斋中，有人按铃，我听不见，用拳头擂门，我还是听不见，急得那人翻墙跳了进来。我道歉一番耸耸肩作鸳鸯笑。有时候和人晤言一室之内，你道东来我道西，驴唇不对马嘴，所答非所问，持续很久才能弄清话题，幽默者莞尔而笑，性急者就要顿足叹息，我也觉得窘。闹市中穿道路，需要眼观四路耳听八方，要提防市虎和呼啸而来的骑摩托车的拼命三郎，耳不聪目不明的人都容易吃亏，好在我早已为我自己画地为牢，某一条路以西，某一条路以北，那一带我视为禁区。

聋子也有因祸得福的时候，凡是不愿或不便回答的问题一概可以不动声色的置之不理，顾盼自若，面部无表情，大模大样的作大人物状，没有人疑到你是装聋。他一再的叮问，你一再的充耳不闻，事情往往不了了之。人世间的声音太多了，虫啾、蛙鸣、蝉噪、鸟啭、风吹落叶、雨打芭蕉，这一切自然的声音都是可以容忍的，唯独从人的喉咙里发出来的音波和人手操作的机械发出来的声响，往往令人不耐。在最需要安静的时候，时常有一架特大的飞机稀里哗啦的从头上飞过，或是芳邻牌局初散在门口呼车道别，再不就是汽车司机狂撤喇叭代替按门铃，对于这一切我近来就不大抱怨，因为"五音令人耳聋"，我听不大见。耳聋之益尚不止此。世上说坏话的人多，说好话的人少，至少好话常留在人死后再说。白居易香炉峰下草堂初成，高吟"从兹耳界应清净，免见啾啾毁誉声。"如果他耳聋，他自然耳根清净，无需诛茅到高峰之上了。有人说，人到最后关头，官感失灵，最后才是听觉，所以易箦之际，有人哭他，他心烦，没有人哭他，怕也不是滋味，不如干脆耳聋。

《时代》周刊（一九七〇年八月十日，页四十四）有这样一段："'我的听觉越来越坏'，贝多芬在一八〇一年写道，'一位庸医为我的耳朵处方是多饮茶。"自从他于一八二七年逝世以后，许多学者推测其死因可能是血液循环不佳，梅毒，或伤寒症。科罗拉多大学医药中心的两位医生，斯提芬斯与海门威（Wrs. Kenneth M. Stevens and Wm. G. Hemenway）在 A. M. A. Journal（美国医学会会刊）上说，事实并非如此。他的聋乃是耳蜗硬化所致（Cochlear Otosclerosis），现今用外科手术即可矫正。患此病症，中耳内之骨质生长过多，妨碍了震动之变成为神经冲动，于是无法把震动变成为声音。

"贝多芬最初发觉对于高音调丧失听觉，是在二十七岁那一年。这样年轻的时候不可能有血液循环的病，也不可能有晚期梅毒的损伤。伤寒比较可信。不检视这位谱曲家的颞骨，谁也无法确定。一八六三年和一八八八年，他的脑壳两度接受检查，那些颞骨却不见了。显然的是最初解剖时即已取去。斯提芬斯与海门威下结论说，'也许在维也纳的一个被人遗忘了的地窖里，有一只装满甲醛液的瓶子，里面藏着答案。'"

不亦快哉

金圣叹作《三十三不亦快哉》，快人快语，读来亦觉快意。不过快意之事未必人人尽同，因为观点不同时势有异。就观察所及，试编列若干则如下：

其一，晨光熹微之际，人牵犬（或犬牵人），徐步红砖道上，呼吸新鲜空气，纵犬奔驰，任其在电线杆上或新栽树上便溺留念，或是在红砖上排出一摊狗屎以为点缀。庄子曰："道在屎溺。"大道无所不在，不简秽贱，当然人犬亦应无所差别。人因散步而精神爽，犬因排泄而一身轻，而且可以保持自己家门以内之环境清洁，不亦快哉！

其一，烈日下彳亍道上，口燥舌干，忽见路边有卖甘蔗者，急忙买得两根，一手挥舞，一手持就口边，才咬一口即入佳境，随走随嚼，旁若无人，蔗滓随嚼随吐。人生贵适意，兼可为"你丢我检"者制造工作机会，潇洒自如，不亦快哉！

其一，早起，穿着有条纹的睡衣裤，趿着凉鞋，抱红泥小火炉置街门外，手持破蒲扇，对着火炉徐徐扇之，俄而浓烟上腾，火星四射，直到天地氤氲，一片模糊。烟火中人，谁能不事炊爨？这是表示国泰民安，有米下锅，不亦快哉！

其一，天近黎明，牌局甫散，匆匆登车回府。车进巷口距家门尚有三五十码之处，任司机狂按喇叭，其声呜呜然，一声比一声近，一声比一声急，门房里有人竖着耳朵等候这听惯了的喇叭声已久，于是在车刚刚开到之际，两扇黑漆大铁门呀然而开，然后又訇的一声关闭。不费吹灰之力就使得街坊四邻矍然惊醒，翻个身再也不能入睡，只好瞪着大眼等待天明。轻而易举的执行了鸡司晨的职务，不亦快哉！

其一，放学回家，精神愉快，一路上和伙伴们打打闹闹，说说笑笑，尚不足以畅叙幽情，忽见左右住宅门前都装有电铃，铃虽设而常不响，岂不形同虚设，于是举臂舒腕，伸出食指，在每个纽上按戳一下。随后，就有人仓皇应门，有人倒屣而出，有人厉声叱问，有人伸颈探问而瞠目结舌。躲在暗处把这些现象尽收眼底，略施小技，无伤大雅，不亦快哉！

其一，隔着墙头看见人家院内有葡萄架，结实累累，虽然不及"草龙珠"那样圆，"马乳"那样长，"水晶"那样白，看着纵不流涎三尺，亦觉手痒。爬上墙头，用竹竿横扫之，狼藉满地，损人而不利己，索兴呼朋引类乘昏夜越墙而入，放心大胆，各尽所能，各取所需，饱餐一顿。松鼠偷葡萄，何须问主人，不亦快哉！

其一，通衢大道，十字路口，不许人行。行人必须上天桥，下地道，岂有此理！豪杰之士不理会这一套，直入虎口，左躲右闪，居然波罗蜜多达彼岸，回头一看天桥上黑压压的人群犹在蠕动，路边的警察戟指大骂，暴躁如雷，而无可奈我何。这时节颔首示意，报以微笑，扬长而去，不亦快哉！

其一，宋周紫芝《竹坡诗话》："……有一人，极廉介，一日有家问，即令灭官烛，取私烛阅书，阅毕，命秉官烛如初。"做官的人迂腐若是，岂不可嗤！衙门机关皆有公用之信纸信封，任人领用，便中抓起一叠塞入公事包里，带回家去，可供写私信、发请柬、寄谢帖之用，顺手牵羊，取不伤廉，不亦快哉！

其一，逛书肆，看书展，琳琅满目，真是到了琅嬛福地。趁人潮拥挤看守者穷于肆应之际，纳书入怀，携归细赏，虽蒙贼名，不失为雅，不亦快哉！

其一，电话铃响，错误常居什之二三，且常于高枕而眠之时发生，而其人声势汹汹，了无歉意，可恼可恼。在临睡之前或任何不欲遭受干扰的时间，把电话机翻转过来，打开底部，略做手脚，使铃变得喑哑。如是则电话可以随时打出去，而外面无法随时打进来，主动操之于我，不亦快哉！

其一，生儿育女，成凤成龙，由大学卒业，而漂洋过海，而学业有成，而落户定居，而缔结良缘。从此螽斯衍庆，大事已毕，允宜在报端大刊广告，红色套印，敬告诸亲友，兼令天下人闻知，光耀门楣，不亦快哉！

敬 老

重九那一天，报纸上嚷嚷说要敬老。我记得前几年敬老还有仪式，许多七老八十的人被邀请到大会堂，于敬聆官长致词之后，各得大碗面一碗，呼噜呼噜的当众表演吃面。在某一年，其中有某一位老者，不知是临面欢忻兴奋过度，还是饥火烧肠奋不顾身，竟白眼一翻当场噎死。从此敬老之面因噎废食，改为亲民之官致送礼品。根据《礼记·曲礼》，"七十曰老"，我们这个市里七十以上的达一万七千多位，所以市长纤尊降贵亲自登门送礼致敬的则限于年在百龄以上之人瑞，所以表示殊荣。

重九很快的过去了，报纸忙着嚷嚷别的节目，谁还能天天敬老？一年一度，适可而止。敬老之事我已淡忘，有一天里干事先生亲自骑着脚踏车送来纸匣装着的饭碗一对，说明这是赠给拙荆的，不错，她今年七十，我还不够资格，我须到明年才能领受饭碗。我接过纸匣。手上并不觉得沉甸甸，知非金碗，当即放心收下。里干事先生掉头而去，我看他脚踏车上后面一大纸箱，里面至少有几十匣饭碗。

这一对饭碗，白白净净，光光溜溜，碗口好像微有起伏不平之状，碗底有英文字样，细辨之则为 Chilong China，显然是准备外销或已外销而又被退回的国货。是国货我就喜欢。碗上有两丛兰花，像郑思肖画的露根兰花——不，不是兰花，是稻谷，所谓嘉禾。碗上朱笔写着"一九七〇年老人节纪念，台北市长高玉树敬赠"。我把玩了一阵，实在舍不得天天捧着使用，只好放在柜橱里什袭藏之。

饭碗当然是以纯金制者为最有分量，但是瓷质饭碗也就足够成为吉祥的象征。民以食为天，人最怕的就是没有饭吃，尤其是怕老来没有饭吃。饭碗是吃饭的家伙，先有了饭碗然后才可以进一步往里面装饭。若能把两碗饭装在一只碗里，高高的，凸凸的，吃起来碰鼻头，四川人所谓的"帽儿头"，那是人生最高境界。即或碗内常空，或只能装到几分满，令人吃不饱饿不死，也能给人带来一份职业清高的美誉。多少人栖栖皇皇的寻找饭碗，多少人蝇营狗苟的谋求饭碗，又有多少人战战兢兢的唯恐打破饭碗！

老年人饱经世变，与人无争，只希望平平安安的有碗饭吃，就心满意足，所以在这时节送上饭碗一对，实在等于是善颂善祷，努力加飧饭，适合国情之至。

敬老尊贤四个字是常连用的，其实老未必皆贤，老而不死者比比皆是，贤亦未必皆老，不幸短命死矣的人亦实繁有徒，唯有老而且贤，贤而且老，才真值得受人尊敬。

这种事，大家都宁愿睁一眼闭一眼，不欲苦追求。

百龄人瑞，年年有人拜访，叩问的大率是养生之术，不及其他。可以说是纯敬老。

教育你的父母

"养不教，父之过。"现在时代不同了。父母年纪大了，子女也负有教育父母的义务。话说起来好像有一点刺耳，而事实往往确是这样。

"吃到老，学到老。"前半句人人皆优为之，后半句却不易做到。人到七老八十，面如冻梨，痴呆黄老，步履维艰，还教他学什么？只合含饴弄孙（如果他被准许做这样的事），或只坐在公园木椅上晒太阳。这时候做子女的就要因材施教，教他的父母不可自暴自弃，应该"当一天和尚撞一天钟"，"人生七十才开始"。西谚有云："没有狗老得不能学新把戏。"岂可人不如狗？并且可以很容易的举出许多榜样，例如：

一、摩西老祖母一百岁时还在画。

二、罗素九十四岁时还在奔走世界和平。

三、萧伯纳九十二岁时还在编戏。

四、史怀泽八十九岁还在非洲行医。

五、歌德写完他的《浮士德》时是八十三岁。

旁敲侧击，教他见贤思齐，力争上游，不可以自甘老朽，饱食终日。游手好闲，耗吃等死，就是没出息。年轻人没出息，犹有指望，指望他有朝一日悛悔后新。上了年纪的人没出息，还有什么指望？二辈子！

孩子已经长大成人，甚至已经生男育女，在父母眼中他还是孩子。所以老莱子戏彩娱亲，仆地作儿啼，算是孝行。那时候他已经行年七十，他的父母该是九十以上的人了。这种孝行如今不可能发生。如今的孩子，翅膀一硬，就要远走高飞，此后男婚女嫁，小两口子自成一个独立的单位，五世同堂乃成为一种幻想，或竟是梦魇。现代子女应该早早提醒父母，老境如何打发，宜早为之计，告诉他们如何储蓄以为养老之资，如何锻炼身体以免百病丛生。最重要的是要他们心理有所准备，需要自求多福。颐养天年，与儿女无涉。俗语说："一个人可以养活十个儿子，十个儿子养不活一个爸爸。"那就是因为儿子本身也要养活儿子，自顾不暇，既要承上，又要启下，忙不过来。十个儿子互相推诿，爸爸就没人管了。

代沟之说，有相当的道理。不过这条沟如何沟通，只好潜移默化，子女对父母未便耳提面命。上一代的人有许多怪习惯，例如：父母对于用钱的方式，就常不为子女所了解。年轻人心里常嘀咕，你要那么多钱干什么？一个钱也带不了棺材里去！一个钱看得像斗大，一串串的穿在肋骨上，就是舍不得摘下来。眼瞧着钱财越积越多，而生活水准不见提高。嘀咕没有用，要事实上逐步提示新的生活模式。看他的一把坐椅缺了一只脚，垫着一块砖，勉强凑和，你便不妨给他买一张转椅躺椅之类，看他肯不肯坐。看他的衣服捉襟见肘，污渍斑斑，你便不妨给他买一件松松大大的夹克，看他肯不肯穿。这当然不免要破费几文，然而这是个案研究的教学法，教具是免不了的。终极目的是要父母懂得如何过现代的生活，要让他知道消费未必就是浪费。

勤俭起家的人无不爱惜物资。一颗饭粒都不可剩在碗里，更不可以落在地上。一张纸，一根绳，都不能委弃。以至家家都有一屋子的破铜烂铁。陶侃竹头木屑的故事一直传为美谈，须知陶侃至于有储存那些竹头木屑的地方，如今三房两厅的逼仄的局面，如何容得下那一大堆的东西？所以做子女的在家里要不时的负起清除家里陈年垃圾的责任。要教导父母，莫要心疼，旧的不去，新的不来。

我们一般中国人没有立遗嘱的习惯，尽管死后子女打得头破血出，或是把一张楠木桌锯成两半以便平分，或是缠讼经年丢人现眼，就是不肯早一点安排清楚，其原因在于讳言死。人活着的时候称死为"不讳"或"不可讳"，那意思就是说能讳时则讳，直到翘了辫子才不再讳。逼父母立遗嘱，这当然使不得。劝父母立遗嘱，也很难启齿。究竟如何使父母早立遗嘱，就要相机行事，乘父母心情开朗的时候，婉转进言，善为说词，以不伤感情为主。等到父母病革，快到易箦的时候才请他口授遗言，似乎是太晚了一些。

教育的方法多端，言教不如身教。父母设非低能，大抵也会知道模仿。在公共场所，如果年轻人都知道不可喧哗，他们的父母大概也会不大声说话。如果年轻人都知道鱼贯排队，他们的父母也会不再攘臂抢先。如果年轻人不牵着狗在人行道上遗矢，他们的父母也许不好意思到处吐痰。种种无言之教，影响很大，父母教育儿女，儿女也教育父母，有些事情是需要解释的，例如：中年发福不是好现象，要防止血压高，要注意胆固醇，等等。

有些父母在行为上犯有错误，甚至恶性重大不堪造就，为人子者也负有教育的责任。子曰："事父母，几谏；见志不从，又敬而不违，劳而不怨。"这就是说，父母有错，要委婉劝告，不可不管；他不听，也不可放弃不管，更不可怨恨。当然，更不可以体罚。看父母那副孱弱的样子，不足以当尊拳。

退休

退休的制度,我们古已有之。《礼记·曲礼》:"大夫七十而致事。"致事就是致仕,言致其所掌之事于君而告老,也就是我们如今所谓的退休。礼,应该遵守,不过也有人觉得未尝不可不遵守。"礼岂为我辈设哉?"尤其是七十的人,随心所欲不逾矩,好像是大可为所欲为。普通七十的人,多少总有些昏聩,不过也有不少得天独厚的幸运儿,耄耋之年依然矍铄,犹能开会剪彩,必欲令其退休,未免有违笃念勋耆之至意。年轻的一辈,劝你们少安毋躁,棒子早晚会交出来,不要抱怨"我在,久压公等"也。

该退休而不退休,这种风气好像我们也是古已有之。白居易有一首诗《不致仕》:

> 七十而致仕,礼法有明文。
> 何乃贪荣者,斯言如不闻?
> 可怜八九十,齿堕双眸昏。
> 朝露贪名利,夕阳忧子孙。
> 挂冠顾翠緌,悬车惜朱轮。
> 金章腰不胜,伛偻入君门。
> 谁不爱富贵?谁不恋君恩?
> 年高须告老,名遂合退身。
> 少时共嗤诮,晚岁多因循。
> 贤哉汉二疏,彼独是何人?
> 寂寞东门路,无人继去尘!

汉朝的疏广及其兄子疏受位至太子太傅少傅,同时致仕,当时的"公卿大夫故人邑子,设祖道供张东都门外,送者车数百辆。辞决而去。道路观者皆曰:'哉二大夫!'或叹息为之下泣。"这就是白居易所谓的"汉二疏"。乞骸骨居然造成这样的轰动,可见这不是常见的事,常见的是"伛偻入君门"的"爱富贵""恋君恩"的人。白居易"无人继去尘"之叹,也说明了二疏的故事以后没有重演过。

从前读人十载寒窗,所指望的就是有一朝能春风得意,纡青拖紫,那时节踌躇满志,纵然案牍劳形,以至于龙钟老朽,仍难免有恋栈之情,谁舍得随随便便的就挂冠悬车?真正老骥伏枥志在千里的人是少而又少的,大部分还不是舍不得放弃那五斗米,千钟禄,万石食?无官一身轻的道理是人人知道的,但是身轻之后,囊橐也跟着要轻,那就诸多不便了。何况一旦投闲置散，一呼百诺的煊赫的声势固然不可复得，甚至于进入了"出无车"的状态，变成了匹夫徒步之士，在街头巷尾低着头逡巡疾走不敢见人，那情形有多么惨。一向由庶务人员自动供应的冬季炭盆所需的白炭，四时陈设的花卉盆景，乃至于琐屑如卫生纸，不消说都要突告来源断绝，那又情何以堪？所以一个人要想致仕，不能不三思，三思之后恐怕还是一动不如一静了。

如今退休制度不限于仕宦一途，坐拥皋比的人到了粉笔屑快要塞满他的气管的时候也要引退。不一定是怕他春风风人之际忽然一口气上不来，是要他腾出位子给别人尝尝人之患的滋味。在一般人心目中，冷板凳本来没有什么可留恋的，平凤吃不饱饿不死，但是申请退休的人一旦公开表明要撤绛帐，他的亲戚朋友会一窝蜂的皇皇然，戚戚然，几乎要垂泣而道的劝告说他："何必退休？你的头发还没有白多少，你的脊背还没有弯，你的两手也不哆嗦，你的两脚也还能走路……"言外之意好像是等到你头发全部雪白，腰弯得像是"？"一样，患上了帕金森症，走路就地擦，那时候再申请退休也还不迟。是的，是有人到了易箦之际，朋友们才急急忙忙的为他赶办退休手续，生怕公文尚在旅行而他老先生沉不住气，弄到无休可退，那就只好鼎惠恳辞了。更有一些知心的抱有远见的朋友们，会慷慨陈辞："千万不可退休，退休之后的生活是一片空虚，那时候闲居无聊，闷得发慌，终日彷徨，悒悒寡欢……"把退休后生活形容得如此凄凉，不是没有原因的，因为平凤上班是以"喝喝茶，签签到，聊聊天，看看报"为主，一旦失去喝茶签到聊天看报的场所，那是会要感觉无比的枯寂的。

理想的退休生活就是真正的退休，完全摆脱赖以糊口的职务，做自己衷心所愿意做的事。有人八十岁才开始学画，也有人五十岁才开始写小说，都有惊人的成就。"没有狗老得不能学新把戏。"何以人而不如狗乎？退休不一定要远离尘嚣，遁迹山林，也无需大隐藏人海，杜门谢客——一个人真正的退休之后，门前自然车马稀。如果已经退休的人而还偶然被认为有剩余价值，那就苦了。

怒

一个人在发怒的时候，最难看。纵然他平夙面似莲花，一旦怒而变青变白，甚至面色如土，再加上满脸的筋肉扭曲，眦裂发指，那副面目实在不仅是可憎而已。俗语说，"怒从心上起，恶向胆边生"，怒是心理的也是生理的一种变化。人逢不如意事，很少不勃然变色的。年少气盛，一言不合，怒气相加，但是许多年事已长的人，往往一样的火发暴躁。我有一位姻长，已到杖朝之年，并且半身瘫痪，每晨必阅报纸，戴上老花镜，打开报纸，不久就要把桌子拍得山响，吹胡瞪眼，破口大骂。报上的记载，他看不顺眼。不看不行，看了怄气。这时候大家躲他远远的，谁也不愿逢彼之怒。过一阵雨过天晴，他的怒气消了。

诗云："君子如怒，乱庶遄沮；君子如祉，乱庶遄已。"这是说有地位的人，赫然震怒，就可以收拨乱反正之效。一般人还是以少发脾气少惹麻烦为上。盛怒之下，体内血球不知道要伤损多少，血压不知道要升高几许，总之是不卫生。而且血气沸腾之际，理智不大清醒，言行容易逾分，于人于己都不相宜。希腊哲学家哀皮克蒂特斯说："计算一下你有多少天不曾生气。在从前，我每天生气；有时每隔一天生气一次；后来每隔三四天生气一次；如果你一连三十天没有生气，就应该向上帝献祭表示感谢。"减少生气的次数便是修养的结果。修养的方法，说起来好难。另一位同属于斯多亚派的哲学家罗马的玛可斯·奥瑞利阿斯这样说："你因为一个人的无耻而愤怒的时候，要这样的问你自己：'那个无耻的人能不在这世界存在么？'那是不能的。不可能的事不必要求。"坏人不是不需要制裁，只是我们不必愤怒。如果非愤怒不可，也要控制那愤怒，使发而中节。佛家把"瞋"列为三毒之一，"瞋心甚于猛火"，克服瞋恚是修持的基本功夫之一。燕丹子说："血勇之人，怒而面赤；脉勇之人，怒而面青；骨勇之人，怒而面白；神勇之人，怒而色不变。"我想那神勇是从苦行修炼中得来的。生而喜怒不形于色，那天赋实在太厚了。

清朝初叶有一位李绂，著《穆堂类稿》，内有一篇《无怒轩记》，他说："吾年逾四十，无涵养性情之学，无变化气质之功，因怒得过，旋悔旋犯，惧终于忿戾而已，因以'无怒'名轩。"是一篇好文章，而其戒谨恐惧之情溢于言表，不失读书人的本色。

沉默

我有一位沉默寡言的朋友。有一回他来看我，嘴边绽出微笑，我知道那就是相见礼，我肃客入座，他欣然就席。我有意要考验他的定力，看他能沉默多久，于是我也打破我的习惯，我也守口如瓶。二人默对，不交一语，壁上的时钟嘀嗒嘀嗒的声音特别响。我忍耐不住，打开一听香烟递过去，他便一支接一支的抽了起来，吧嗒吧嗒之声可闻。我献上一杯茶，他便一口一口的翕呷，左右顾盼，意态萧然。等到茶尽三碗，烟罄半听，主人并未欠伸，客人兴起告辞，自始至终没有一句话。这位朋友，现在已归道山，这一回无言造访，我至今不忘。想不到"闻所闻而来，见所见而去"的那种六朝人的风度，于今之世，尚得见之。

明张鼎思《琅琊代醉编》有一段记载:"刘器之待制对客多默坐,往往不交一谈,至于终日。客意甚倦,或谓去,辄不听,至留之再三。有问之者,曰:'人能终日危坐,而不欠伸欹侧,盖百无一二,其能之者必贵人也。'以其言试之,人皆验。"可见对客默坐之事,过去亦不乏其例。不过所谓"主贵"之说,倒颇耐人寻味。所谓贵,一定要有一副高不可攀的神情,纵然不拒人千里之外,至少也要令人生莫测高深之感,所以处大居贵之士多半有一种特殊的本领,两眼望天,面部无表情,纵然你问他一句话,他也能听若无闻,不置可否。这样的人,如何能不贵?因为深沉的外貌,正好掩饰内部的空虚,这样的人最宜于摆在庙堂之上。孔子家语明明的写着,孔子"入太祖后稷之庙,庙堂右阶之前有金人焉,三缄其口,而铭其背曰:'古之慎言人也'"。这庙堂右阶的金人,不是为市井细民做榜样的。

謇谔之臣,骨鲠在喉,一吐为快,其实他是根本负有诤谏之责,并不是图一时之快。鸡鸣犬吠,各有所司,若有言官而钳口结舌,宁不有愧于鸡犬?至于一般的仁人君子,没有不愤世忧时的,其中大部分悯默无言,但间或也有"宁鸣而死,不默而生"的人,这样的人可使当世的人为之感喟,为之击节,他不能全名养寿,他只能在将来历史上享受他应得的清誉罢了。在有"不发言的自由"的时候而甘愿放弃这一项自由,这也是个人的自由。在如今这个时代,沉默是最后的一项自由。

有道之士,对于尘劳烦恼早已不放在心上,自然更能欣赏沉默的境界。这种沉默,不是话到嘴边再咽下去,是根本没话可说,所谓"知者不言,言者不知"。世尊在灵山会上,拈华示众，众皆寂然，惟迦叶破颜微笑，这会心微笑胜似千言万语。莲池大师说得好："世间醘醯醇醴，藏之弥久而弥美者，皆繇封锢牢密不泄气故。古人云，'二十年不开口说话，向后佛也奈何你不得。'旨哉言乎！"二十年不开口说话，也许要把口闷臭，但是语言道断之后，性水澄清，心珠自现，没有饶舌的必要。基督教 Carthusian 教派也是以沉默静居为修行法门，经常彼此不许说话。"此中有真意，欲辩已忘言。"

庄子说："吾安得夫忘言之人，而与之言哉？"现在想找真正懂得沉默的朋友，也不容易了。

了生死

　　信佛的人往往要出家。出家所为何来？据说是为了一大事因缘，那就是要"了生死"。在家修行，其终极目的也是为了要"了生死"。生死是一件事，有生即有死，有死方有生，"了"即是"了断"之意。生死流转，循环不已，是为轮回，人在轮回之中，纵不堕入恶趣，生老病死四苦煎熬亦无乐趣可言。所以信佛的人要了生死，超出轮回，证无生法忍。出家不过是一个手段，习静也不过是一个手段。

　　但是生死果然能够了断么？我常想，生不知所从来，死不知何处去，生非甘心，死非情愿，所谓人生只是生死之间短短的一橛。这种看法正是佛家所说"分段苦"。我们所能实际了解的也正是这样。波斯诗人峨谟伽耶姆的四行诗恰好说出了我们的感觉：

> Into this universe, and why not knowing,
> Nor whence, like water willy nilly flowing;
> And out of it, as wind along the waste,
> I know not whither willy nilly blowing.

> 不知为什么，亦不知来自何方，
> 就来到这世界，像水之不自主地流；
> 而且离了这世界，不知向哪里去，
> 像风在原野，不自主地吹。

"我来如流水，去如风。"这是诗人对人生的体会。所谓生死，不了断亦自然了断，我们是无能为力的。我们来到这世界，并未经我们同意，我们离开这世界，也将不经我们同意。我们是被动的。

人死了之后是不是万事皆空呢？死了之后是不是还有生活呢？死了之后是不是还有轮回呢？我只能说不知道。使哈姆雷特踌躇不决的也正是这一种怀疑。按照佛家的学说，"断灭相"决非正知解。一切的宗教都强调死后的生活，佛教则特别强调轮回。我看世间一切有情，是有一个新陈代谢的法则，是有遗传嬗递的迹象，人恐怕也不是例外，长江后浪推前浪，一代新人代旧人，如是而已。又看佛书记载轮回的故事，大抵荒诞不经，可供谈助，兼资劝世，是否真有其事殆不可考。如果轮回之说尚难证实，则所谓了生死之说也只是可望不可即的一个理想了。

我承认佛家了生死之说是一崇高理想。为了希望达到这个理想，佛教徒制定许多戒律，所谓根本五戒，沙弥十戒，比丘二百五十戒，这还都是所谓"事戒"，菩萨十重四十八轻戒之"性戒"尚不在内。这些戒律都是要我们在此生此世来身体力行的。能彻底实行戒律的人方有希望达到"外息诸缘，内心无喘"的境界。只有切实地克制情欲，方能逐渐地做到"情枯智讫"的功夫。所有的宗教无不强调克己的修养，斩断情根，裂破俗网，然后才能湛然寂静，明心见性。就是佛教所斥为外道的种种苦行，也无非是戒的意思，不过做得过分了些。中古基督教也有许多不近人情的苦修方法。凡是宗教都是要人收敛内心截除欲念。就是伦理的哲学家，也无不倡导多多少少的克己的苦行。折磨肉体，以解放心灵，这道理是可以理解的。但是以爱根为生死之源，而且自无始以来因积业而生死流转，非斩断爱根无以了生死，这一番道理便比较地难以实证了。此生此世持戒，此生此世受福，死后如何，来世如何，便渺茫难言了。我对于在家修行的和出家修行的人们有无上的敬意。由于他们的参禅看教，福慧双修，我不怀疑他们有在此生此世证无生法忍的可能，但是离开此生此世之后是否即能往生净土，我很怀疑。这净土，像其他的被人描写过的天堂一样，未必存在。如果它是存在，只是存在于我们的心里。

西方斯多亚派哲学家所谓个人的灵魂于死后重复融合到宇宙的灵魂里去，其种种信念也无非是要人于临死之际不生恐惧，那说法虽然简陋，却是不落言筌。蒙田说："学习哲学即是学习如何去死。"如果了生死即是了解生死之谜，从而获致大智大勇，心地光明，无所恐惧，我相信那是可以办到的。所以在我的心目中，宗教家乃是最富理想而又最重实践的哲学家。至于了断生死之说，则我自惭劣钝，目前只能存疑。

雅舍・時光手賬

雅舍人生

梁實秋

大概初恋的滋味是永远难忘的,两团爱凑在一起,迸然爆出了火花,那一段惊心动魄的感受,任何人都会珍藏在他和她的记忆里,忘不了,忘不了。

　　忘不一定是坏事。能主动的彻底的忘,需要上乘的功夫才办得到。

——《健忘》

大清早,尤其是在寒冬,被窝暖暖的,要想打个挺就起床,真不容易。荒鸡叫,由他叫。闹钟响,何妨按一下钮,在床上再赖上几分钟。

凡是自安于懒的人,大抵有他或她的一套想法。可以推给别人做的事,何必自己做?可以拖到明天做的事,何必今天做?一推一拖,懒之能事尽矣。

——《嫩》

和胖子在一起,好像是安全,软和和的,碰一下也不要紧;和瘦子在一起便有不同的感觉,看那瘦骨嶙峋的样子,好像是磕碰不得,如果碰上去,硬碰硬,彼此都不好受。

有人满地打滚,翻筋斗,竖蜻蜓,虾米弯腰,鲤鱼打挺,企求减削一点体重。

——《胖》

一年真不容易，數數齊風歸期，申猴已回山林，撒穀喂二大雞。丁酉集延老樹畫處，恭祝新朋舊友大吉祥。

> 今已退休二十年,仍觉时间不够用,一天只有二十四小时。
>
> ——《职业》

俗也好,雅也好,事在人为,钱无雅俗可辨。

——《钱》

谁说有鬼,谁就应该举证,而且必须是客观具体确实可靠的证据,转口传说都不算数。

——《鬼》

傍晚朋友來訪 飯後夜遊荷塘月下 但說舊事 莫談世態炎涼 丁酉初夏 老村造

一个人在学校读书的时间是最可羡慕的一段时间,因为他没有生活的负担,时间完全是他自己的。但是很少人充分的把握住这个机会,多多少少的把时间浪费掉了。

——《利用零碎时间》

萬木發新葉
枝上有花開
我坐著
風裡
只為等
你來
歲在丙申莫春時節老樹戲作並記自度句

常听人讲起"消遣"二字,最是要不得,好像是时间太多无法打发的样子,其实人生短促极了,哪里会有多余的时间待人"消遣"?

习惯养成之后,便毫无勉强,临事心平气和,顺理成章。充满良好习惯的生活,才是合于"自然"的生活。

——《养成好习惯》

狮子和虎,在猎食的时候,都是独来独往;狐狸和犬,则往往成群结队。性情不同,习惯各异,其间并不一定就有什么上下优劣之分。

——《独来独往》

父母爱子女,子女不久长大也要变成为父母,也要爱其子女。所以父母之爱像是连锁一般,代代相续,传继不绝。

——《父母的爱》

单身的人容易交朋友,因为他的情感无所寄托,漂泊流离之中最需要一个一倾积愫的对象,可是等到他有红袖添香稚子候门的时候,心境便不同了。

——《谈友谊》

精选了梁实秋关于人生感悟、日常点滴的代表性散文。梁先生的文字恰如其人,具备深厚的中西文化底蕴,兼具真诚与雅朴。无论寻常小事,还是人情义理,在他笔下均别有趣味与洞见。